在上戏当考官的那些年

张文龙◎著

山西出版传媒集团 北岳文艺出版社
BEIYUE LITERATURE & ART PUBLISHING HOUSE
·太原·

图书在版编目（CIP）数据

在上戏当考官的那些年 / 张文龙著. — 太原：北岳文艺出版社，2020.3
ISBN 978-7-5378-5847-2

Ⅰ.①在… Ⅱ.①张… Ⅲ.①中国文学—当代文学—作品综合集 Ⅳ.①I217.2

中国版本图书馆CIP数据核字（2019）第010361号

书名：在上戏当考官的那些年	责任编辑：李向丽	封面设计：张　旺
著者：张文龙	特约编辑：王顺兰	排版设计：周　鹏

出版发行：山西出版传媒集团·北岳文艺出版社
地址：山西省太原市并州南路57号　邮编：030012
电话：0351－5628696（发行部）
0351－5628688（总编室）　传真：0351－5628680
网址：http://www.bywy.com　E－mail：bywycbs@163.com
经销商：新华书店
印刷装订：雅迪云印（天津）科技有限公司

开本：880mm×1230mm　1/32
字数：174千字　印张：8.75
版次：2020年3月第1版
印次：2020年3月天津第1次印刷
书号：ISBN 978-7-5378-5847-2
定价：49.80元

在艺坛文坛『龙腾虎跃』

我与文龙兄相识于 1984 年，至 2018 年已有三十四年，算得上是老朋友了。

当时，文龙兄在上海电视台名牌栏目《大舞台》担任导演，而我则是《文汇报》刚入行的文艺记者。一次，他邀请沪上一批文艺记者，和姚慕双、周柏春、杨华生、笑嘻嘻等滑稽界泰斗，以及江浙沪各滑稽剧团团长，策划了一档在长江三角洲引起轰动的大型喜剧类选秀节目《江南滑稽汇演》。举办这种类型的节目，在长三角地区的历史上还是第一次，涌现了王汝刚、李九松、毛猛达、沈荣海、张小玲等一批江南笑星。这次汇演的社会反响相当好，业界给予了高度评价，活动极大地推动了改革开放之初长三角地区滑稽事业的发展。在这场汇演的合作过程中，我发现文龙兄专注忘我的工作态度、兢兢业业的职业精神，我们也因此结下了深厚的友情。

后来比较长的一段时间，我们的工作接触比较少，但我还是经常在电视上看到文龙兄编导的许多综艺节目。通过报道，了解到他创作的多部滑稽戏、沪剧公演，并在本市乃至全国产生较大的影响。之后我又陆续在《新民晚报》《上海电视》等主流报刊上读到他撰写的多篇散文和人物访谈。由此得知文龙兄不仅是一名优秀的导演，同时也具备写作才能。

有时，我们会在上海举办的一些重大文艺类活动的场合见面。我知道他很忙，自从担任了上海电视台的首席导演和戏剧频道的播出总监后，他每年都有电视力作问世，获得了相当多的国家和省市级电视节目的重要奖项。

出乎我意料的是，文龙兄退休以后，仍在坚持文艺创作，凭借自己的文学创作实力，加入了上海作家协会。在一次作协会议上，他赠送了一本人民文学出版社出版的他的小说剧本集《汤团王》给我。拜读后，我对他的文学才情及写作能力有了新的认识。

此次他要出版的是散文和诗歌集，我在此向他表示热烈的祝贺！本书收录的作品，有不少是他退休之后的新作。这多少让我感觉惊讶。他退休以后，还是不肯放松自己享受人生，却笔耕不辍，以更大的热情努力地进行文学创作。与此同时，他在两所大学担任客座教授，讲授电视、电影制作课程，并且还自编自导，拍摄了两部网络大电影，其中一部还在第二十届好莱坞国际电影节上获得金奖……对此，我除了祝贺，就是敬佩！

文龙兄，您的祖辈给您起了一个好名字，让您终身与文学艺术结缘，衷心希望您不断有新的力作问世，不断在艺坛文坛"龙腾虎跃"，为我们新时代的文化百花园增色添彩！

是为序。

汪　澜

2018 年 8 月 20 日

———————————

注：汪澜，原上海市作协党组书记，上海市作家协会副主席。

目　录

在上戏当考官

我应邀去当上海戏剧学院的考评委，已经有七八年的历史了。这是上海艺术类高校根据国家教委做出的安排，以确保招生的公正和严肃。2018 年的 3 月 1 日到 6 日，我又应邀在上海戏剧学院莲花路分院，当"戏曲导演专业"初试和复试的考评委。前几年，我大多在华山路校区"服役"。上海戏剧学院分院也就是以前的上海市戏曲学校，原先坐落在内环靠近中山西路吴中路附近的地方，后来搬到了莲花路，规模、设施都大了许多，显得更加现代化。

此次考试，是在春寒料峭中进行的，上海这几天的平均气温都在 10℃之下，只有惊蛰的那天，气温一下子蹿到 24℃，晚上还爆了一声震彻环宇的惊雷，使"惊蛰"的名字得以坐实。

虽然早在春节前，校方招生办公室年轻的赵佳老师就跟我预约好了，要我担任初试、复试的考评委，且有一个体现法律的通知程序，比如，要问及有没有担任过上海戏剧学院艺术生的考前辅导老师？有没有亲戚朋友的子女参加上戏此次艺考等。我的回答当然是否定的，实事求是嘛。

真正得到获准担任考评委的具体通知还是在 2 月 27 日。据说这样做的目的还是为了防止不正之风。赵佳老师来电话通知我：于 3 月 1 日早上 7 点 40 分之前赶到校行政楼 3 楼的会议室，那里将举行一次例行的考前准备会。我驱车准时到了那里，会议开始后，由校招生办公室主任（男，50 岁左右，他是某系的主任）宣布了考试的各种纪律，并要求考官在《纪律承诺书》上签字。分院党委书记是位女士，新面孔。由她主持会议。开会时，有人轻轻拍了我的肩膀，回头一看，原来是来自天津的京剧名家李佩红，她是我在外地京剧界的一位好友，在李世济老师家里也见过她，她是李世济老师的学生。这使我颇感意外。我便问："你怎么来这里了？"她告诉我："最近刚刚被这里聘为副院长。"原来如此！

这个学校此次招考一共四个专业，一个是广播电视的主持人，一个是戏剧文学，还有一个是戏剧导演，最后一个是戏曲影视导演。我在"戏剧导演专业"当考评委。报这个专业的考生近四百人，校方说最后只能录取二十人左右。

前四天，来的考生上下午加起来，每天大约在八十人左右，男女比例约为一比三。半数以上的考生都同时报考了几个专业，也就是说，即便录取了他，他也未必来。所以校方私下要求，最后录取时，男女比例最好是一比一。也就是要求对女生严一点，对男生宽一点。因为当下喜欢文科的女生实在太多。记得1978年，我考取上海师范大学中文系时，班上的女生只有五人，仅占全班人数的八分之一。现在倒过来了，文科类院校都是女生多，男生少。但是演起戏来，一般情况下，性别比例是不能失衡的，而且舞台上大多数情况是男生多，女生少。

初试的内容是三个，一是自备课件（背诵剧本或诗词等）；二是声乐、舞蹈或器乐等的表演；三是看图表述，考生在完成前两项后，马上到工作人员那儿随机抽取一张图片，酝酿十分钟后讲解这张图片及其感受。图片是在每次考前，加好封送进考场当众启封的。基本上有两种，欧美的油画和中国画，或者是名剧的剧照。跟以往一样，报考戏剧导演的这些年轻人事先大多接受过艺校老师的辅导，因为好多考生背诵的课件都是一样的，且艺术处理也是极其相同，可能出自同一老师教过的不同的辅导班。曹禺《原野》中虎妞的台词我们听到了好几遍。这些考生背诵起来抑扬顿挫，都很有激情。从我们这些考官的角度观察，由于考生大多受过一定时间的培训，所以自备课件大多都做得还算可以。真正让我们看出他们每个人艺术素养、水平高低的，恰恰是第二、第三项的表演。来的考生半数颜值都比较高，但到了唱歌、唱戏、跳舞和其他才艺展示时，颜值退居次要的位置。在第二个环节，学过表演专业的一些艺校的学生，包括本校的高中生，表现当然是不错的。最要命的就是普通考生，唱起歌或戏曲来，音大多唱不准，常常荒腔走板。好像考前辅导到此戛然而止，而考生本人也在无准备、没有专业人士预判的前提下，就去上海戏剧学院仓促考试？最有意思的一个例子：这个小女孩长得很标致，但是唱起《红灯记》的"我家的表叔……"唱得既不像京剧，又不像歌曲，也不像地方戏，简直不知道在唱什么。

当评委问她："你知道这唱的是什么戏吗？"

她竟然平静地回答说："不知道。"

"这个戏讲的是什么故事？"

"不知道。"

她走后，大家都说从来没见过水平这样差的考生！没有准备好，怎么可以来考顶尖的艺术高校呢？要知道，在五位考评委中，两位是中国京剧界重量级人物：上海京剧院前院长黎中城和孙重亮（据说，之前他们从未到上戏当过考评委）。黎中城院长和我一样，是上海白玉兰戏剧表演艺术奖的评委，每年，我们有五十多次聚在一起看戏、评戏。这样的交往加起来，至少有二十五年合作的历史。加之以前为京剧院录像、宣传等合作，时间还要长。孙重亮老师称得上是我的恩师。1983 年，我去参加上海电视台的招聘考试，他当时刚从部队转业，以前在电视台组织科工作，后被派到招聘办公室。我考取电视台后，原先执教的杨浦区教育局坚持不放人。孙重亮老师不厌其烦，数次到杨浦区教育局及我所在的区教育学院做工作。在多方努力下，我的电视梦、文学梦终于得以实现。除了我，另外两位老师是上戏分院的，一个叫李莎，曾经做过戏剧导演系的系主任。她在我执导的"第十三届白玉兰戏剧表演艺术奖颁奖晚会"中崭露头角，获得了"白玉兰主角奖"。还有一个考官叫万红，四十岁左右。

到了讲解图片这个环节，我觉得百分之九十的考生都没有表述好。他们抽到的往往是一些世界名画和剧照，除了个别男生能够指明这张画出自哪个画家之手，绝大部分女生都不知道来历。一些考生对画的诠释往往不得要领，很少有人从戏剧导演的角度来评价。这样，就使得这个环节成了初试中最乏味的过程。至于那些剧照，效果更差，大部分考生都讲不清楚这是哪出戏，剧中人物之间的关系、这个情节的含义，以及在整部戏中的作用都不知道。但有一个现象值得关注，那就是约有半数的考生，喜欢将油画或图片的内容，与当下的政治形势做牵强附会的联系。估计这些考生都经过了考前辅导。在我看来，这些辅导乏善可陈，简直是误人子弟！

在四天的初试中，很少有给我留下深刻印象的考生。另外，发给我们做记录和平衡考分的笔记本，每天都要收回去，所以更不能记住一些有趣的人和事。

四天下来，大家都觉得很累。到了最后两天复试时，考官做了调整，黎中城院长因个人有私事要去处理，离开了。又来了三位评委：一位是当年上海京剧界实力派老生童强，他是中国京剧大师童祥苓的侄子，退休前，他在上海戏校当老师。我与童强老师在一起当考官，已经有两三次了。他的弟弟童三强，跟我是电视台一起工作的同事。一位是上海昆剧团的张铭荣老师，他跟我合作了二十多年。还有一位考官叫鲁秋艳，以前在电视台跟我实习过，后来她在上戏卢昂教授那里读研究生。在她答辩时，我曾经当过评委。她现在是莲花路校区的青年教师。我们七个人担任复试的考评委。接下来还会进行三试。三试我就不参加了，孙重亮好像也不参加。这个三试决定了这些考生的去留，最后录取大概是二十来个人。

经过四天的搏杀，还剩下来四分之一的考生，学校连夜通知他们已取得复试资格。总人数大概有八九十个人。复试主要考的内容有两项：第一项可以挑主要的，全面展示自己的才艺，如舞蹈、戏剧表演，还有就是演奏乐器，考场里特地放了一架钢琴，还有考生背来了比个头还要高的古筝，也有表演书法和拳、操的，反正应有尽有。最后，主考官李莎问："你还有其他什么才艺吗？"除极少数外，大部分考生都摇摇头。

接下来，进入复试的第二环节，主考官要求他们到边上的篮子里面抓阄，抽取一个小品的题目。考生先展示给评委看，然后到边上去审题和准备。这些小品的题目往往是一个成语，或者词组。比如：义无反顾、祸不单行，或回家、路遇等。然而，考生经过十来分钟的准备，呈现的作品大多不理想。勉强过得去的，也仅仅是"合格"而已，鲜有让人拍案叫绝的作品。

当然，考生偶尔也会遇上十分奇葩的题目。记得有这样两个，一个叫"地球人都知道"，还有一个叫"变奏曲"。这种小品题目，把考生都弄迷糊了。我们这些评委等考生考完离开以后，都对这些题目的严谨、严肃、科学性提出质疑和批评，认为这种题目出得十分不靠谱，属于乱来，会让考生抓狂。

根据教育部的规定，在考试的整个过程中，我们的手机都会被没收。要到每天下午考试结束，在评分单上签字，才把手机发还给我们。

从此次考试的情况来看，现在学生的文学素养和艺术想象力都比较单薄，在拿到命题的小品时，如何破题，如何钩织戏剧结构，如何把这个题目的微言大义表现出来，明显缺少功力。所谓艺考培训，在这些方面明显缺失。除了有几个学生在表演命题小品时，思维比较开阔，其创意、结构、睿智让人眼前一亮。大多数考生的表演既冗长、乏味，又"演"不达意，不知所云。显然，大部分考生在审题和节目的编排上还是缺少专业的素养和文化底蕴。他们都不知道自己在演什么，然后一边演，一边在思考后面的情节，因此出现了大段人段的冷场。前面提到，每年艺考都有一个特点，就是女生多，今年也一样。女生里面有一个学舞蹈的，给我们留下了深刻的印象，但她并未把报考戏剧导演作为第一志愿。其余表现比较好的一半以上都是男生。

　　总的来说，担任艺考生考官尽管很辛苦，但对于了解当下艺术类考生的各种思想动态和水平还是很有帮助的。

「书法怪杰」姚竹的戏剧情结

最近，朋友圈里有人将年近古稀的姚竹先生称为"书法怪杰"，倒不是因为他的书法作品曾在 2016 年新民晚报"夜光杯"全国书画大赛中获了奖（由上海美术家协会、上海书法家协会举办），并被编入该次大赛的纪念册，也不是因为他的作品不久之后又被编入《2013 年中国绘画年鉴》，主要是并非书法家协会会员的他，各种书法作品，在本市各类高层次的书法拍卖会上被藏家热捧，居然从未流拍过。可见其书法之成就，也再次让人感叹：民间真是藏龙卧虎！

那天，接到姚竹先生的邀请，几个朋友相约前往他家饮茶聊天，并索要那本意义非凡的《2013 年中国绘画年鉴》。

还未进得姚家，就闻苍劲、缠绵的二胡声从他的宅内袅袅传来，如泣如诉，十分感人。进门看到姚先生正在辅导学生演唱沪剧《大雷雨》选段。我们知道姚先生虽出生于医学世家，但从小对沪剧情有独钟，这是因为其母正是著名沪剧皇后王雅琴的第一个开门弟子——王小琴，加之幼年时，筱文滨、沈筱英、王雅琴等一批沪剧名流经常结伴光临他家，而且常常在他家里切磋演技、研发唱腔，使得姚先生从小得以徜徉在沪剧的艺海之中，耳濡目染，使他对于沪剧如痴如醉。年轻时的他，已经将沪剧主要伴奏乐器——二胡把玩得十分娴熟。在工作之余，他除了练书法，一有空便为朋友演唱沪剧、做伴奏，自娱自乐数十年，乐此不疲。另外，据姚先生自己坦白，他更加酷爱的还有曲艺，更确切地讲，是滑稽。

年轻时的他，是"上海人民广播电台"最忠实的听众，每天上班之前和下班之后，都要听那脍炙人口的曲艺栏目——《说说唱唱》。听了还觉得不过瘾，便在家里背诵、模仿。到了十八岁那年，经朋友推荐，还到"大世界"的剧场登台演出。作为一名非专业演员，能有这样的经历，实属不易！由此也可以窥见，当时的艺术环境还是比较宽松的，这就是为什么滑稽界的许多经典作品都是诞生在那个时期。后来，姚先生干脆随包一飞、管无灵等滑稽艺术家经常去工厂、农村演出，以慰藉患"曲艺饥渴症"的广大平民百姓。熟悉曲艺的朋友知道，早年的包一飞、管无灵等演员，可是沪上滑稽界的风云人物，对上海的滑稽事业颇有建树。有一次在表演滑稽戏《三女婿》时，姚先生还担任了该戏的主要角色傻女婿，受到包一飞等行家和观众的好评。

　　艺术都是相通的，所以到了20世纪90年代，姚竹先生开始醉心于收藏，曾获"华夏优秀收藏家"称号，故先后担任了上海收藏欣赏联谊会副会长、吴昌硕艺术沙龙专家指导、"百瓶庐"馆的馆主（政协原副主席、复旦大学校长苏步青先生为其题写"百瓶庐"斋名，并编入《斋名集观》一书中）等职。在欣赏大量古董和艺术作品的同时，姚先生花大量的精力，潜心研究书法，并在墨海畅游之余以演奏二胡来调节心情，探寻书法艺术与演奏艺术之间在韵律上的某种联系和契合。恐怕这也是姚竹先生的书法之所以如此飘逸、洒脱，具有捉摸不定、肆意飞扬韵味的原因。这也难怪他的书法、收藏被各大报纸、电台、电视台刊登报道，并载入《世界名人录》《中国当代收藏家词典》《上海市现代书画家名录》《海派书画家名典》中。他的书法作品多次参加上海嘉泰、青莲阁、东方国拍、博海、产权等各大公司的春拍、秋拍，均能成功拍出。

　　见我们坐定，姚竹先生便一边热情沏茶，一边与我们纵论书法艺术。应我们的要求，他爽气地摊好毛毡，提起毛笔，当场蘸墨挥毫。我们则屏息观赏，不敢作声。只见他写草书时，犹如太极拳师，先略作舒气凝神，意守丹田。少顷，便将毛笔饱蘸墨汁，开始在宣纸上左旋右转，有时如烟云翻滚，有时又好似江涛奔腾。运笔时疾时徐，有顿有挫，最后给人一气呵成之感。观其未干之草字，可谓力透纸背，且粗中有细，细中有收，犹如流水过崖，清洌而甘醇，底可见而流向不定。书毕，吾辈皆不约而同地击掌赞之，其书法之自由随意、豁达潇洒、清高空灵、朴素而纯真的品相给我们留下深刻的印象。我们意犹未尽，他又操起二胡，精神抖擞地演奏起来，忽而如泣如诉，忽而万马奔腾，似乎还在艺海中搏击、畅游，一发而不能驻足矣！我们也在这两种艺术的交替表演中，领悟其中的神韵和禅意。

我衷心祝愿他在书法上更上一层楼，也祝愿他的戏剧情结永远带给他青春的感觉。

登黄山

　　整理老照片时，有一张是游览黄山时所摄的黑白照片。那天，雾气很重，我穿着老款的化纤运动服，头发凌乱而潮湿，含着胸，一脸青涩的微笑……一晃竟已过去了三十三年，令人唏嘘！找到了当年留下的提纲式寥寥数语的日记，许多回忆被激活了，一些经历又在脑海中逐渐清晰……

　　1985 年春天，上海新闻宣传系统组织一线的编辑、记者赴黄山旅游、疗养的一段经历。

　　照例，这种福利应该轮不到我这样刚考进上海电视台的新同志。然而，文艺部《大舞台》科长赵蕙娟老师竟通知我去，而初出茅庐的我，居然也接受了这样的安排。下班时便有科里的同人私底下悄悄拉住我说：

"你胆子也太大了！你去了，别人可能有微词，有的老同志人家忙活了一辈子，还从未去疗养过，凭什么你这个三十几岁的娃，来台未满两年，就到'中国第一山'去游览？"我笑着回答："初生牛犊不畏虎呗！再说，又不是我要去，如果此行造成别人的不舒服，也是事出无奈。人生注定要经历一些风险的。"

话是这样说，内心还是深受"五岳归来不看山，黄山归来不看岳"之说的诱惑。在电视台工作三十多年的经历证明，不谙人际关系的我，后来真的遇到一些棘手的状况，幸亏受到各级领导和众多前辈、同事的关怀和真诚的教导。

集合时间定在 5 月 6 日星期一上午 5 点 45 分，地点安排在此项活动的牵头单位——上海广播电视管理局（北京东路 2 号）的门口。这下可苦了住在浦东的我。因为当时的上海，改革开放还没有大规模启动，市中心的黄浦江上既没有桥梁，也没有隧道，更没有地铁，来往于浦江两岸只能靠市轮渡，幸好还有通宵摆渡，不过是一站隔一站营业的。如遇大雾天，黄浦江会全线停航。我住在江边的其昌栈大街，那里的轮渡深夜是打烊的。

凌晨五点，晨曦微露，没有迷雾，我就骑着永久牌自行车从浦东其昌栈家里出发，乘通宵摆渡的泰东栈市轮渡到达公平路，然后再骑车赶到广电局门口。只见已有一辆日野旅游大巴停在了路边。上海离黄山直线距离不到两百公里，当时还没有高速公路，公路的总里程应该在七百公里左右，大巴需要行驶十二个小时才能到达。车子是在6点05分开的，经过青浦、浙江的平望，于12点左右到达安徽的广德。进入安徽以后，给我的印象是，比上海市郊贫困得多，许多房子都是采用干打垒堆砌成的，砖石的房子比较少。像江浙沪一带流行的漂亮的二层楼房子在这里难以见到。

当时广德的餐饮店很脏、很简陋，一张旧桌，几条长凳，摆放在马路边上，尘土飞扬，苍蝇环绕。我找了一家稍微干净点的，吃了一碗馄饨，很快胃里就有些异样的感觉，一小时后就开始拉肚子，服用了随身带去的肠胃药才控制住了。

傍晚时分，我们路过宁国来到黄山市。当年的黄山市相当贫困，我们乘坐的大巴在起伏的盘山公路上奔驰，经常可以看到破旧的土房子摇摇欲坠，修得比较好的新房凤毛麟角。下了一点小雨，车子在高山峻岭中盘山的砂石路上行驶，朝山底下看，是深不见底的沟壑，环顾四周都是悬崖峭壁，使我们这些长期生活在平原的上海人心脏一下子提到嗓子眼。我虽没有恐高症，但此时也觉得心里直打鼓。直到晚上7点半，天色渐暗，终于到达了上海市广电局设在黄山的疗养所。大家这才把悬着的心放了下来。

大伙吃了一顿较丰盛的晚饭，然后到公共浴室洗了热水澡，然后回寝室休息。

寝室在二楼，简陋但很整洁，有三张本色木床，一张写字桌，三把木质靠椅，还有一台老式的二十四英寸彩电，装电子显像管的那种。室内没有洗手间，也没有席梦思。我与摄像师万树泉及社交部的一位姓徐的同志住在一起。来了近五十个人，除了本局的同事以外，还有来自上海劳动报、文化艺术报、上海画报等单位的同仁。

以后几天据说这样安排的：三天游览，两天休息，两天在路上。

5月6日的晚上，下了一场大雨，第二天早上起来，雾气甚浓，地面还有些湿，空气异常新鲜。鸟语不绝于耳，可惜未曾闻到花香，否则这句成语就全了。终于看清楚了，疗养所建在小山冈上，一座座三层砖石结构的瓦房，楼下面有一个很大的平台，不远处有漂亮的两排平房，分别是餐厅和浴室。据负责疗养院管理的老先生介绍，这里原是知青黄山农场的一个连队的住地，后来知青纷纷返城，黄山市政府便要求我局来帮助建造一个电视差转台，我局领导答应了此要求。在建造过程中，看中了这个地方，就以十万元将这里买了下来。有些已成家未返城的知青，就成了这里的临时工，负责房屋的安保、维护、做饭和其他的工作。

据介绍，这儿的气候变化比较大，早晚很冷，中午挺闷热，而且天气说变就变。前两年北京有对青年夫妇到这儿来度蜜月，那位女士下小山沟里面去洗手，不料气候突变，旁边山脉上的农民叫她赶快上来，但她动作慢了一点，结果被山洪冲走了，过了几天才找到尸体。老人说去年冬天他在这儿住下，其寒冷程度，远非阴冷超常的上海所能比较，自来水开得小一点就结冰了，积雪很厚。由于气候变化大，这儿粮食和蔬菜只够当地人吃，外来人要吃的东西，还要到很远的地方去采购。

吃过早饭，我们一起到甘子河，那里的河床上散布着大块大块的鹅卵石。说是"河"，其实有些地方仅仅淌着几股细流。这儿的鹅卵石质地松散，不像我们在上海见到的质地坚硬，且表面光滑。甘子河上有几座石桥很美。附近有几座大山，估计海拔在八百米到一千米左右。山上郁郁葱葱，有的地方裸露着青黑色的岩石。在疗养所的附近还有一块相当大的小平原，上面有几个古朴的村落，四周有不少的水稻田，耕作还是靠手工加水牛。

下午两点，我们又乘车去参观了黄山的一个小小的风景点——石门水电站。车在简陋的山道上行驶，到了那里，只见前面山上一挂银白色的瀑布，正从几十米的高空奔腾而下，腾出的水雾很多，水声隆隆，蔚为壮观。瀑布之上，有一座两孔的水泥大桥，喷出的水流如两条彩虹，横跨瀑布。在瀑布的轰鸣声中，我们拾级而上，来到了桥面上，再往下看，一边是直蹿地底的白色瀑布，一边是幽静、碧绿的河流。两边高耸的山呈墨绿色。山边萦绕的白雾，如少女颈项上的纱巾在飘动，静谧而妩媚。

游览回来，又下起了蒙蒙细雨，黄山地区很潮湿，来到这里，衣服总是湿漉漉的。

5月8日早上4点刚过，我们就已经起床集合。吃了早点，带好塑料雨衣和一些中午饭要吃的东西——馒头和茶叶蛋，就乘车向黄山进发。

早上 6 点刚过，来到了黄山的大门。这是一幢古色古香的牌楼，上面有陈毅元帅的题字。汽车到了门口就得停下，然后乘黄山园林管理处的汽车进去。我们这次走的是后山，据说这样上去可以少走些路。我们先乘车到了温泉，这儿有一座叫"揽胜桥"的极漂亮壮观的石拱大桥。南面是一幢外宾住的宾馆。桥北是一幢具有民族风格的大宾馆。桥头下是一些非常简陋的小吃店。

到了这儿，又须换车（可能出于利益分配的需要）到云谷寺。到了那里，已经是在海拔一千米的山上，我们看到了黄山三怪之一的云海。可是那天来得不巧，雾极大。有时还下一些蒙蒙细雨，所以能见度差。四周壮观的景色不时被云雾遮盖，让人看不清。我们顺着石板铺成的山路往上走，向临时中转站——建在黄山某峰上的"701 电视转播台"进发。走了一段路，遇到了不少日本人及港澳同胞，也见到了一些北海运送钢筋、沙子、水泥的民工，跟他们交谈中了解到，搬运一次，可以赚两块到七块钱的工资。

途中遇到一次偶然事件。我身边有位姓吴的老先生，在悬崖峭壁边突发心脏病，幸亏我上去把他抱住，并学着电影里见过的情节，呼叫同行的另外两位同志查看他身上的口袋，果然在吴先生的上衣口袋里找到了一瓶"硝酸甘油片"，立即取出几片和水喂给他。我扶他在一块大石头上坐定，掐了他的人中，吴先生这才渐渐缓过来。随后，我们几个人轮流扶着他走。我们足足攀登了三个小时，才到达黄山的"701 电视差转台"。一路上，我们模模糊糊地看到了"喜鹊登梅"等几个景点。虽然拍了一些照片，但终因雾大，所以效果极差。

在"701电视差转台"，住宿条件就差了许多，几十个人睡在一个大房间里面，不认识的男女游客都可以从大房间里经过。被子潮潮的，似乎也不太干净，枕头里塞的是不知名的草。

吃了午饭，我们去北海等处看看，许多老同志由于体力不支，就没去，在房间里休息，其中有我搀扶过的吴先生，他说："此次，我算是服老了！如无人相救，此命休矣！"经互相介绍，我才知道他叫吴承惠，笔名"秦绿枝"，大名鼎鼎的专栏作家，是《新民晚报》副刊的主编。是年，他才五十八岁。我是《新民晚报》的忠实读者，尤其喜欢他负责的"夜光杯"版面。吴老精通戏剧，而我也喜欢戏剧的剧本创作，所以谈起来大家都滔滔不绝。从此，我们成了忘年交。二十多年后，吴老在《新民晚报》副刊的一篇文章中还提到此事，说我是"救命恩人"，正好被我看到，我感到万分荣幸，举手之劳的事，还被他记住，令我惭愧，也足见吴老高尚的人品，值得我好好学习！

我们去北海的路上看到了"虎松"，登上了"始信峰"，直到这时，我才看到黄山峭拔秀丽的山峰，看到了李白所说的"倒挂依绝壁"的松树，看到了万丈深渊。相信了李白的"黄鹤之飞尚不得过，猿猱欲度愁攀援"之说。可惜雾比较大，所以无法看到很远的地方。然而正因为有雾，也使我们减少了一些因恐高产生的胆怯。回顾一生中走过的路和做过的事，好像也是这样，在懵懵懂懂中，做了也就做了，如果把四周看得太清楚，把一切盘算得太精准，或许你就不敢作为，也许就一事无成……

在去始信峰的途中，我们经过"仙人桥"时，看到了"迎客松"，立即想起学横塘老先生题那几句诗："黄山迎客一青松，枯干仙身不老翁。穿石埋根摇日月，迎风傲雪耐霜冬。无缘冰骨四君首，却例岁寒三友中。不学牵牛攀附物，顶天立地劲犹红。"这是一首相当传神、有内涵的诗。

我们还观赏到了"连理松"。这样形状怪异的奇松，吸引来许多情侣。到了北海，我们看到了具有民族风格的北海宾馆，它用石块垒砌而成。宾馆前面还有一片颇大的平台，四周围着石栏。在阶梯旁，还有漂亮的枝形路灯。宾馆里有小卖部，餐厅也很漂亮，连台面上的瓷器都很精致。北海宾馆北面有一些非常简陋的房屋，是一些讲究节俭的国人居住的旅店。其中有一间房子是医疗站。商店里供应日用品和本地的一些特产。在这些住房的南面，是一座叫"曙光"的亭子。这儿因雾太大，一些日本人只得沮丧折回，我们也悻悻地离去。回家的路上，透过雾霭看到了一棵怪松，它叫"孔雀松"，确实很像。

晚上我们吃了两块一客的饭菜，"701电视差转台"的厨师估计没有受过培训，连鳝鱼怎么做都不懂，菜烧得又腥又咸。我和局里的小高、经济计划科的一位同志，以及台里同事漆启泰一起喝了一些大曲，聊了很长时间，吴承惠老师也来凑趣。我们说："您的下次《十日谈》，就以登山为题可好？""好主意！"老吴要求，写每一篇文章都要有个性和特点。我说："我登山时就想到我攀爬的每一步，必须对自己的老婆孩子负责，所以，我捡了一根很粗的木棍做拐杖。"漆启泰说得更绝："我昨天深夜，将一只被水粘住的飞蛾拎起来放飞，目的就想感动上苍，保佑我们旅途的平安！"

喝完了酒，唠完了嗑，已经快十点了，我们赶紧去睡，为的是明天一早去看日出。

5月9日，又遇到阴雨。一清早，4点15分就起床。原因是3点多钟就被几个外地旅游者吵醒，他们唠唠叨叨说个没完。我也原想着再睡一会儿起床，但这样拖下去总觉得没啥意思，就跃然而起。

外面的雾仍然很大，无法看到日出。吃早饭的时候，突然大家欢呼了起来，都一个劲儿地往外冲。我追出去一看，原来是在浓雾中可以看到一竿子高的太阳的轮廓，好似银盘高悬。渐渐的，太阳把雾劈开了，变成了很亮很圆的蛋黄，很耀眼。但几分钟后，它又被浓雾遮住了。《文化艺术报》记者桂秋虹女士感叹："古人把皇帝听信身边小人之言误国殃民，比喻成'遮云蔽日'，或许就是触景生情……"

早上7点。我们去西海游览，途经北海宾馆分馆。到了"排云亭"才看到蔚为壮观的、妙不可言的奇景。"排云亭"果然名不虚传。大家看到了近处的"仙人晒靴""武松打虎""石兔"等景致，还有许多不知名的怪石，你也可以做各种想象，给它们命名。如此看来，黄山真是一个让人脑洞大开、雅兴喷涌的去处！

透过左右山峰的峡谷，可以看到许许多多绿中带黄的山峰和群峰顶上的蓝天，但那些小块的景色并没有被云雾所障。由于被云雾遮蔽了好几天，现在终于看到了黄山的部分真面目，大家心里自然十分欣喜，拍了不少照片。

接着我们又去"飞来石"。通往那块神奇的石头的路比较危险，所以有些人不敢爬上去。既来之，则爬之，我攀登了上去。只见石头上刻着"风动石"三字。由于都是浓雾，所以也没有看清四周及脚底下是什么，爬上去时心里一点都不慌，不觉得危险，但好多老同志一路上不停地哀叹："早知道攀爬这么累，还什么都看不见，就在基地住着，不上来了！"

我和几个青壮年同人不为所动，还是又去了名胜——"光明顶"。由于置身雾中，白跑一趟。我在那儿吃了一杯三毛钱的咖啡。回到了"701差转台"，正好十点钟。

吃过午饭，下起了大雨，雾气更重了，大家感到很扫兴——唉，今天一天又完了！半数老同志干脆卧床休息。等到雨小些了，我们青壮年又蠢蠢欲动。我穿好雨衣，出门才走了没几步，便响起了几声闷雷。出于安全的考虑，我又折回，心想，今天下午休矣。

不料，才上床一会儿，本台的同事老应进来大叫："雾全散啦，快出去看啊！"我们便飞一般出了门。

果然，赶到"棋石台"，雾气完全散去，我们第一次看清了附近壮美的群山，还看清了午饭后上去参观过的"701电视差转台"的发射铁塔，海拔竟有一千八百四十米高，大家欢呼起来。于是，纷纷冒着雨又去了一次北海。哎呀，局面完全变了，眼前是视觉的饕餮大餐，那些"梦笔生花""搁笔峰""骆驼峰""十八罗汉""仙人下棋"等景点历历在目，如诗如画，美不胜收！

我们再次登上了"清凉台"，不仅看到了上述美景，还看到了"猴子观海""飞来钟"等妙不可言的美景。不一会儿，太阳破云而出，群山都披上了金光，空气清新极了，沁人肺腑，如饮佳酿！环顾四周，无一山不美，无一峰不秀，始信李白所言："黄山四千仞，三十二莲峰。丹崖夹石柱，菡萏金芙蓉……"大家都纷纷赞叹道："总算没有白来！"从北海眺望我局援建的电视塔，只见它高高地坐落在云端，非常清晰，如同天塔。大家坦言："游过这儿，其他的名山，确实游览不游览都无所谓了！"我也说了由衷之言："若要领略美景，是要付出不断攀登的代价，而且要承担相当大的风险的！"

三十三年过去了，回顾这段往事，我又有了新的领悟：我们在攀登时，常常遇到浓雾，虽然这会儿让你迷茫、失望，有可能迷路，甚至会丢掉性命！然而，这些浓雾抑或也是上苍对你的关照和施恩，它会让你减少对于悬崖峭壁的恐惧，促使你不断地登高……

　　下午4点半，我们恋恋不舍地回到了临时宿舍。一到那里，天又变了脸，又是白雾遮天，四周白茫茫一片，甚至伸手难见五指。

　　5月10号，天气转晴。早晨5点钟，大家就起床了。根据安排，从前山下山，继续游览。

　　6点整，大家每人分得四个鸡蛋，作为午餐用，然后就下山了，当时，雾很浓，大家觉得很扫兴。在向导的带领下，我们一起下山。途经"光明顶"，透过朦胧的雾，我们居然看到了一条"活灵活现"的"鳌鱼"，背上驮着一只金龟，向导说这就是"鳌鱼驮金龟"，真是像极了！这段路，本来行进在高山之巅，走起来本来有点危险的，但因四周都是雾，也就不觉得怎么可怕了。否则，虽会有"峰峰寒列簇芙蕖，静想嵩阳秀不如"的感触，然"峭拔虽传三十六，参差何啻一千余"的惊险，肯定让不少年纪大的游客望而却步。

　　我们经过了黄山最高峰"莲花峰"，据说此峰海拔一千八百六十米，但因雾太大，所以也就没有了爬上去的兴趣。我们又来到玉屏楼，这儿风景也很好，有"迎客松""送客松"等怪松奇松，四周还有不少怪石，如，"金龟爬山""大象鼻"等。峭壁上有石刻的字，如"气象万千""风景如画""江山如此多娇"等，但因雾尚未完全散去，大家也无法看清四周的景色。在这儿，我们一起拍了些照片。那个年代没有手机，彩色胶卷刚刚流行，我带了个DF相机，装的是黑白胶卷，拍的时候很节约。过了33年，最近我将留存的胶卷找出来，翻转成正片，所以文章开头那张初出茅庐、青涩的形象上，留下了一些灰尘的痕迹。

下了玉屏楼，我们看到了"蓬莱三岛""一线天"等奇景，后来才知道，像"一线天"这样的佳景，这儿竟有好几处。

在去天都峰的三岔口上，领队岳甫说："年纪轻一点的，可以上天都峰；上了年纪的也就算了，就地休息。因为天都峰太危险，要连滚带爬才上得去。"许多人被吓退了，后来只有十个人上去。当时，雾已经散了。我看到许多女同胞都在攀登天都峰，当时才三十多岁的我就下定决心，一定得攀上去！我与另外九个青壮年一起抓住铁链，沿着陡峭的山梯，一步一步爬上去，心里是有点紧张的，但也不是很慌，毕竟已习惯走山路了。大家互相提醒，经常向同道施以援手，此时，我可以说，所有攀登者的心至真至诚！大家都希望彼此能安全攀上山顶！

路上，遇到一位爬到一半，坐在路边弹唱吉他的小青年，我们非常钦佩他的胆略和淡定。走鲫鱼背，也并不像人们所说的那么可怕。因为左右都有些栏杆，很安全，而所谓鲫鱼背，其实是一条陡峭的山脊。我在内心感谢修造这条路的古人，当时没有路，他们是怎么爬上去的？中午12点时，我们终于攀登上了天都峰！这个过程，我们竟用了一个多小时。往下看，黄山秀丽的景色历历在目。我们欢呼，我们自豪！我们这些媒体人，不由自主地吟诵起杜甫的"荡胸生层云，决眦入归鸟。会当凌绝顶，一览众山小"。

在天都峰的顶上，同去的人如饮醇醪，个个心灵插上了翅膀，诗兴大作。由于导游缺席，我们随便将周围的山石，胡乱发挥了一通，旁边的游客听了居然还信以为真。应该承认，攀上此山是最危险的，但登上顶峰，看到的景色也是最美的。诚如清代汤复所言："堕崖坠壑都无谓，纵死兹山意亦得。"大家都增强了自豪和自信，这是人生最美好的收获！

下得山来，道路虽曲折，但都不在话下。一路上，我们给四周的怪石起了"虎视眈眈""如花似玉"等各种名字。

到了半山寺，我们看到了"金鸡叫天"等美景。石山上还刻着李白的《梦游天姥吟留别》中的诗句："半壁见海日，空中闻天鸡……"

离开半山寺，我们看到了"立马空东海，登高望太平"的诗句。这六个字，每个字六米见方，刻在陡峭的山崖上，简直难以想象——人能够攀爬上去，还能刻出如此大的字。在那里，我们远眺了"蜡烛峰"等美景。

在慈光阁，我们吃了糯米红枣粥，既解饿又解渴。

在温泉也没怎么停留，下午4点15分，我们就乘车回到基地。这天游玩得非常痛快酣畅。我走在山路上看底下的景色，几乎已经没有什么悬乎的感觉，当归功于今天爬过天都险峰。

5月11号，我们去参观歙县。天气由晴转雨。7点40分我们乘车出发，本来说要到9点过就能到歙县，实际10点15分才赶到。汽车在盘山公路上行驶，大家再也没有恐惧的感觉。这一点，同刚来时的心情大不一样，当归功于前几天黄山的攀爬、游览，它培养了我们的胆量和气魄。

下午1点，我们上车回基地。刚回来不一会儿，天就变了脸，下了一阵雷雨。下午4点半，我们开始聚餐，九菜一汤，很丰盛。我们上黄山天都峰的"十壮士"坐在一起，买了好些黄酒、啤酒，美美地吃了一顿，大家欢声笑语，十分热闹。与其说菜肴烹饪得好，不如说登黄山绝顶的激情仍然充溢全身……

回上海的路上，山岭颇多，有的也很雄伟，但比起黄山来，确实差远了，没有什么可以值得回味的地方，所以信服了古人的"到过黄山不看山"之说。

互做媒人的姑嫂

　　姑嫂问题几乎与婆媳问题"齐名"，它往往是家庭容易产生矛盾的"热点"。但也有处理得很和睦的，参加这次电视娱乐大赛的许多对姑嫂便是如此。请看这一对——

　　小姑叫于梅，今年二十七岁。嫂嫂张建新，比她大三岁。她们中学毕业后，分在同一个厂里当纺织女工，已有八年多了。于梅豪爽，张建新忠厚，她俩很快就成了亲密无间的小姐妹。于梅喜欢唱歌，是文艺积极分子，张建新也挺喜欢唱歌，于是两个人只要在一起，常常合唱。小于有三个哥哥，一个弟弟，父亲十几年前就去世了，母亲用自己微薄的工资将五个孩子拉扯大。于梅自幼就很懂事，她的一个心愿就是要分担母亲的辛苦，把一家人紧紧地团结在一起，使家庭生活有条有理。尽管家境贫寒，大哥、二哥还是觅到了知音，先后成了家，唯独年近三十的三哥还没有女朋友。三哥人很耿直，就是有时脾气急躁。于梅很为三哥的婚事着急，她左思右想，觉得只有张建新才比较适合他。于是，于梅在征得三哥同意后，跟张建新谈了自己的想法。张建新对于梅家家境贫寒、没有房子并不在乎，她跟于梅的三哥开始接触。不久，他们彼此间都有了好感。但是，半年后，他们突然中断了来往。细心的于梅很快就看出了问题，她可急坏了，当她了解到，双方都没有改弦更张的意向后，就动员母亲一起做三哥的思想工作。三哥想通了，于梅又去张建新那儿"斡旋"。很快，他们和好如初。2018 年 5 月，三哥和张建新成立了幸福的家庭。于梅的大哥大嫂将刚刚分配到手的新工房给他们做洞房。一家人虽散居在几处，但还是喜欢每天晚上聚在一起吃"其乐融融"的"大锅饭"。菜是由于梅一早买的，她喜欢时常做一些合三个嫂嫂口味的菜。看到大家亲亲热热地在一起，吃得津津有味，于梅顿感疲劳烟消云散。哥哥嫂嫂们也非常关心于梅的终身大事。三嫂张建新深知于梅的脾性，帮于梅介绍的男朋友很合她的心意，他们不久将结婚。

这次，姑嫂俩参加娱乐大赛，是二哥二嫂帮她们报的名。为了能在这场比赛中发挥得好些，于梅和张建新晚上一有空就排练。母亲和哥嫂们在一旁做她们的观众和"艺术指导"，大家有说有笑。虽然常常搞得很晚，但全家上下都很快活。

哥嫂们都说："如果于梅和张建新得了奖，一定要好好庆祝一番。"张建新说："咱们得把于梅的婚事办得热热闹闹的，因为她为全家做出了很大贡献。"大嫂二嫂听了拍手叫好。

婆媳同上演唱台

　　毋庸讳言，婆媳关系，几千年来，一直是家庭关系中的老大难问题。中华人民共和国成立以来，随着妇女走上社会生产岗位，经济上能够自立，她们的社会地位有了空前的提高，所以婆媳关系也发生了较为深刻的变化。婆媳平等、互敬互爱的家庭一点点多了起来。

　　陈路得和刘健就是这样。陈告诉记者，"路得"是书中一个好媳妇的名字。不过，她已年过花甲当了婆婆，成了"好婆婆"。媳妇刘健是1982年踏进陈家门的。刚过门，婆婆就对小刘说："我以后延用你母亲对你的称呼好不好？"小刘高兴地点点头。于是婆婆亲热地叫了一声："小妹！"媳妇则甜甜地叫了一声："妈妈！"从此，婆婆将小刘当作自己的女儿，关怀备至。刘健把婆婆视为母亲，尊敬爱戴，她与丈夫去蜜月旅行，特地邀请婆婆与他俩同行。她们手挽着手，游览了许多名山大川。小刘向来喜欢唱歌，连烧饭做菜时也要哼上几曲。这次，她在报上看到娱乐大赛的消息，就兴高采烈地回家动员婆婆一起报名。婆婆说："只要你敢去唱，那我也敢。"说来也巧，陈的演唱水平，竟是在这几年迅速提高的。她俩一起唱了《党啊，亲爱的妈妈》和英国民歌《可爱的家》。陈路得说，她选用第一首歌，是为了表达对党和祖国深深的热爱。

与这对"歌迷"婆媳稍有不同的是，施静若、李春妹可称得上是一对"戏迷"婆媳。施和李都是长宁区文化馆越剧队的，施还是李的媒人呢。李春妹过门后，身体不太好，婆婆就经常到她家里帮着料理家务。而媳妇呢，平时有什么好吃的东西，从不忘记送去孝敬婆婆。不久前，婆婆过生日，小李花了好多钱为婆婆添置衣服。小李还常常买电影票、戏票，邀请婆婆一同去看。散场后，她们边走边评价，可亲热哩。

参赛的选手中，年龄最大的要算关德贞老太太了，她今年八十岁了，可还是耳聪目明，身体十分硬朗。这次她也是带着四十五岁的媳妇蒋杏云来参赛的。前不久，她俩参加电业局家庭演唱会，还得了奖呢。老人说，她之所以能活这么大年纪，与家庭和睦分不开。婆媳俩在电视台大演播厅里，引吭高歌的是《社会主义好》。老人唱毕，告诉记者，她要活到一百开外哩。

我为话剧有一些思辨之作点赞

——上海话剧艺术中心新作长生初探

　　我要给原创话剧《长生》点个赞，为什么？因为一个时期以来，"娱乐至上""娱乐至死"的戏剧创作的社会思潮风靡全国、甚嚣尘上，当然也影响到话剧的创作和演出市场的风气，许多话剧创作摒弃了信仰，也不再追求理想和思辨，不再讲究戏剧结构，不再追求睿智、精巧的布局，观赏后让观众一头雾水；价值取向上也是风行美丑不分、忠奸不辨、以丑为美、以俗悦众；大家似乎都在欣赏无厘头的恶搞；舞台上色情挑逗和赤裸裸的粗口也渐渐多了起来；有的评论家也跟着一起起哄，似乎现在的话剧，仅仅是为了减压和娱乐，别无他求！所以，有相当长的一段时间，有的戏若有反其道的价值选择，很可能会被认为是"老套""过时"和"迂腐"之作。这种情况，自去年北京文艺座谈会召开以来，虽有所改变，但真正改观还有待时日。不过，2016 年，南京大学出品的话剧《蒋公的面子》，到了上海却大受各年龄段人士，尤其是年轻白领的欢迎，这部戏是带有浓郁的思想性和明显思辨性的作品，其哲学内核、讽刺的对象，表面上，在讽刺一些人矫揉造作，但其实质恰恰更多地瞄准了中国知识分子内心的懦弱、虚伪和见利忘义等痼疾，从而获得广泛的赞叹和口碑。据说每到一地演出，都是一票难求。

2014 年末至 2015 年初，上海话剧中心由朱宜原创、蒋维国执导、话剧"老戏骨"娄际成领衔主演的话剧《长生》，带给我们的也是同样的惊喜和震撼！如果说，前者对观众来说，多少还有些晦涩和陌生的地方，那么后者从内到外，都做得既平易而又意味厚重，对人生的思辨让人回味无穷，传递的也绝对是正能量——剧中主人公、文学泰斗默林，一生为人民创作了许许多多的作品，即便差不多到了人生的尽头，还想着用捐赠遗体的方式，为人民做点力所能及的贡献，这是该戏最后异军突起的高潮部分，意料之外，却在情理之中。可谓神来之笔，令人叫绝！

我还要为话剧《长生》的编剧朱宜点赞，与话剧《蒋公的面子》的作者温方伊（南京大学文学院戏剧影视艺术系 2009 级本科生）一样，朱宜同样是三十来岁的年轻女性！笔者惊讶，两个姑娘怎么都会那么老成，因为戏里涉及的很多历史，大多数她们并未经历过、体验过，可她们会对老年人、中年人的人生有那么广泛、深入的探究、思考和感悟。

话剧《长生》讲述的是泰斗级作家——默林的家人将为老爷子默林

举办八十寿宴的故事。围绕着要不要办、怎么办、邀请谁等问题，默林的五口之家不断进行着"头脑风暴"。这样的故事，和这部戏的剧名一样，看似并不起眼，甚至过于平淡，着眼点和切入口又非常之小，情节和内容似乎就是一般老年知识分子家庭的"流水账"，极其普通。刚看时，我甚至担心，这部戏可能会很乏味，但没有料到，随着故事情节的步步推进，该剧的编导将这一微小的题材开掘得越来越深，完全按照生活的逻辑，将故事演绎得纵横捭阖，鞭辟入里，同时将参与整个事件的默林家的每个人物即当代中国社会老、中、青三代人的生存状况及内心世界刻画和展示得淋漓尽致，又从他们的身上折射出了社会上一部分人的真实面目、性格特征和复杂的人际关系。编导在处理这些看似普通的情节时，往往是不经意间让人看到人物复杂的心理活动和他们之间微妙的关系，而且显得游刃有余，合情合理，十分耐看，看后又发人深省，让观众感到十分过瘾！这是该剧题材选择和开掘上值得称道的地方。

我还要为这部戏的演员点赞，领衔主演的娄际成老师对主人公心灵和性格的准确把握，以及他炉火纯青的演技，把主人公默林这个人物演活了，让人信服，让人喜爱和敬佩！八十岁的默林在家里，是一个经常使小性子的"老小孩"，女儿、女婿哄他去洗澡，他会很任性地加以拒绝。但在接受电视台记者采访时，他会变得跟他一贯的为人一样，富有社会正义感——当他听说所在的城市要化二百亿去建造中华文化标志城时，会不顾主持人的阻挠，明确反对这项政绩工程，弄得电视台在场的人都很尴尬。戏的最后，他又不顾家里人的强烈反对，坚持捐献自己遗体。这段戏演得过与不过，都会影响主人公的可信度，但娄际成老师将人物的行为路线拿捏得恰到好处，十分可信，因而感动了观众，在他表演时，经常能赢得观众长时间的掌声。

对其他人物的勾勒、塑造，也体现出严密的逻辑性。比如，李宗华老师扮演的默林妻子一角，这个人物给我们留下的印象也是深刻的。以前这类人物往往会被写成因为是名人之妻，所以是一本正经、谨慎古板的老太。而朱宜笔下的这个老太，尽管已经七十九岁了，并且深深地爱着自己的丈夫，但在与默林谈话时，还经常不依不饶地去揭丈夫年轻时有"花花肠子"的伤疤。每到这个时候，剧场里总是一片会心的笑声。默林的寿宴即将开始之前，当老太得知默林要她在老伴的遗体捐赠表上签字时，她接受不了，下面这段话表述得既有震撼力，又合情合理：

老太：你奉献，你高尚。——我是要跟你葬一个墓里的人！你想过我没有？那么多年，你做的事，我哪一件不支持，不体谅？惯了你一辈子，快到头了，你自己主意倒打得好好的，把我丢开了。你要是先走了，这么一捐，我连个念想都没有！等我也走了，孤零零一个人在下面……

老头：小珍……

老太：你现在就给我把它撕了！

老头：小珍，我对不起你太多了。可这是我最后的愿望，你就忍心让我放弃？

老太：你这话跟刀子一样剜我的心啊！

尽管老太有些小性子，但说出这番话，还是感染了观众，当时剧场内鸦雀无声，我注意到边上的几个女士都在抹泪。来自生活的严密逻辑，使得朱宜笔下的这位老太显得非常可信和可爱，同样也使得该戏的其他演员，如宋茹惠、夏志卿等扮演的角色也个个出色、可信，从而形成了一个真实可信的家庭氛围，确保了这出戏具有强大的艺术感染力和震撼力。

我还要为这部戏的台词点赞，观看时，你会经常被她严密的逻辑性所折服。这些对白层层推进，尖锐地直逼人生、人性、人内心的敏感之处，不依不饶地剖析对方的灵魂。这些都让观众生怕漏听精彩的对白的同时，也在反复唤醒自己类似的生活经历，拷问自己的内心世界。比如，默林的外孙女飞飞，是这样批评自己做"上门女婿"的爸爸的：

少女：在这个家里，你不是怕外公就是怕妈妈，全听别人的，爸，您活得太窝囊了！

女人：胡说什么！你不知道你爸爸有多少人尊敬呢！

少女：（挑衅地）是吗？

女人：你太不了解爸爸了，你看看哪个人像你爸爸这样年纪轻轻就发表那么多专著的？

少女：那不都是就因为爸爸研究的是外公吗！

女人：对阿，你应该为外公和爸爸感到骄傲啊！

少女：（恶毒地）好吧，我当上了第二代默学专家，默林文学院第二任院长。请问，那以后我的丈夫也做上门女婿，我的孩子也跟我姓默吗？

女人：飞飞！

男人：（受到伤害）爸爸有点认不出你来了。

少女：爸爸，我问你，那么久以来，你有没有，哪怕一瞬间，有没有对自己的事业有过不确信？

男人：不确信？默学的思想核心就是"对生活的坚信、对事业的坚持"，我对此研究三十年，怎么会不确信呢？

少女：要是这世界上没有默林，那您该怎么办呢？

女人：说得越来越不像话了啊！

像这样尖刻、充满思辨的台词在该剧中比比皆是，显然，编导对这出戏的每个人物的思想和行为的铺陈、发展，以及彼此关联都把控得得心应手。表面上，飞飞的表现和语言往往显得突兀和贸然，似乎不合情理。但笔者认为，这恰恰是该剧最出彩的地方，因为飞飞的那些刻毒的语言和我行我素的做派，非常准确地勾勒了当代比较前卫的"90后"年轻人的典型形象！这就是该剧给人印象极深的对生活逻辑的掌控。当然，对于年轻编导而言，做到这点，很不容易。我们继续来看看下面这段台词：

　　男人：飞飞，你不明白，你现在太年轻，你还不懂人生有多长，它长得超出你的想象。

　　少女：你们才不明白。它短得超出你们的想象！我看到外公外婆心里就难受，那也叫活着吗？那叫标本！

　　女人：你怎么能说这样的话！

　　观众会因此而责怪飞飞这样的"90后"不懂事吗？我想不会，观众只会对编导对人物的准确把握和台词尖锐的思辨性所折服。

　　我还想指出，这部戏的结构，同样体现严密的逻辑性。她非常精巧且首尾呼应。我留意到，开场时，一块浅色的帷幕蒙住整个舞台，帷幕上是一颗新奇士橙流动的投影。正当观众在揣摩它的用意时，该剧的编导借默林之口对此进行了解释，默林说："那天，我看电视，上面说澳洲有个一百三十岁的长寿老人，透露他的秘诀是每天只吃一个新奇士橙。"尾声时，抢救归来的默林表示自己想吃的还是"新奇士橙"，然后拿起"新奇士橙"渐渐走向舞台的纵深。意味深长，值得玩味。对此的解释可以是多样的。我的理解是，当主人公把自己的一切，包括自己的文学作品，甚至自己的遗体都奉献给人民大众时，这样的人就是永远活在人民心中的人，这就是高尚的人获得的真正意义上的"长生"！

或许，这是剧名的深意所在。

正如一位哲人所言："人是应该有点思想的。"我想，话剧也应该是这样。上海话剧中心似乎一直在这方面做着努力，我们应该为此点赞。

下
雨
了

下雨了。

雨水带着仁慈和爱，把梧桐树上的灰尘打湿。不一会儿，大颗大颗带着灰尘的水珠洋洋得意地从树梢、树叶上滚下来，跌落在地上，仿佛顽童在玩滑梯。那些可怜的叶子，承受不住这么多的小家伙的重压，终因体力不支，狠狠地将身子一歪，把胖墩墩的小水珠抛弃。于是，树丛中到处都是滴答滴答的声音，那是摔疼了的小水珠在抽泣。

小草可高兴啦，它们一边在笑嘻嘻地淋浴，一边贪婪地吮吸着这新鲜又甘甜的琼浆。刚才在"赤日炎炎似火烧"时，那副被烤得垂头丧气、疲倦不堪的模样，早已无影无踪了！

癞蛤蟆本来渴得要命，拖着沉重的步子，慢吞吞地在小草和野花之间寻觅，盼望能找到些多汁的小虫子，好压压腹内的燥火。这会儿，它乐坏了！瞧，它蹲在地上，头高高地仰起，嘴巴张得老大老大，在接玉液喝呢！脖子还一鼓一鼓的！过了片刻，它就变得大腹便便了，就开始"呃呃"地打饱嗝。随后，便"咯……咯……咯"地狂笑起来。嘿，这个容易知足的家伙！

地上开始出现了小水潭，粗大的雨滴滴在小水潭里，那是抛进去的无数的银环。慷慨的天公挺爱玩这种"抛圈子"的游戏。这位老人永远保持着童心，一年四季，喜欢跟人类、自然界开各种玩笑！

突然，一道闪电划破长空，紧接着是一阵阵沉闷的轰鸣。别怕，这是雷母在为丈夫的游戏击鼓伴奏。她的多情，尽管有些狂野、粗鲁，却也赢得了感情细腻的诗人的永恒的赞许和崇拜！

当然，大千世界中，对这对伉俪的我行我素不满的，也大有人在。

你看，麻雀"叽啾叽啾"地惊叫着、抗议着，慌里慌张地在花草间、树丛中窜来窜去，寻找躲避的处所。它们黄褐色的毛衣被雨水打湿，变得又冷又重，紧贴在身上，难受极了。所以，一停下来，就用硬喙啄自己的羽毛……

小蝴蝶虽然不吭一声，可它们同样有一肚子的牢骚。这些姑娘们费了好大的工夫，辛辛苦苦把香喷喷的花粉敷在脸上、身上，都被雨水冲光了；轻盈苗条的身子和那两片色彩斑斓的翅膀也被淋得笨重不堪。它们累得扑腾扑腾地在飞，飞得时高时低，好像在挣扎。

雨，还在不停地下。整个世界变得朦胧……

呵，我总觉得大自然的万物中蕴含着喜乐哀怒和各种情感，只是我们对此实在了解得太少太少……

芬芳四溢的都柏林

我们上海东方电视台摄制组一行乘坐英国航空公司的螺旋桨飞机，越过浩瀚的爱尔兰海峡，到达了爱尔兰首都都柏林的上空。这才看清，都柏林四周都是一望无际的绿色草地，都柏林像是一颗滚落在绿地毯上的宝石。从机场出来，一路上，要么是葱茏的草地和花丛，要么就是缀满花草的别墅。打开大巴士的窗户，充满香味的空气扑面而来。

在都柏林生活了近十天，漫步在街头，只看到过一个警察，看得最多的还是花朵，闻得最多的当然是芳香。都柏林的建筑物一般都在六七层楼以下，几乎看不到用幕墙玻璃装饰的现代化大厦，映入眼帘的往往是罗马式或哥特式的古老建筑，这些建筑物的四周布满了花园。花园里有多个用大理石雕刻造型的喷泉。建筑物的墙上，多半爬满了绿叶。窗台上几乎都有各种盆花，红、黄、蓝、紫，煞是好看。爱尔兰朋友告诉我们，都柏林每幢公寓的窗子都是用白漆刷的，而每一扇门涂的油漆的颜色都是不同的。仔细打量，果然如此，真可谓百"门"争艳。不知是为了便于辨认，还是为了标新立异。

我们住的是四星级的张伯伦大酒店。大门前的雨棚上，悬挂下来的藤蔓上缀满了白色的星星点点的小花，四周的墙上、地上，到处都是各种颜色的花朵。推开大门，大堂里，熊熊燃烧的壁炉旁的茶几和沙发边上，还堆放着各种盆花。一股浓郁的香味直冲脑际，好像不是花香，我不由得暗暗纳闷，这香味是从哪儿来的呢？好像不是由盆花散发的，仔细查看，才发现在走廊的各个角落里，都有一个小瓷盆，里面放着七八段各种香木。进了豪华又老派的客房，看到的情形也是如此。在卧室和卫生间里，同样有两盆香料。卧室里的家具都是精雕细刻的，有点像我们中国的红木家具，式样既豪华又洋气。我年轻时曾经学过木工，所以拉开抽屉仔细端详，结果闻到一股浓烈的木香。原来除了抽屉，整套家具的其他部件中也镶进了香木，但根据散发的香味，我判定，所用的香木绝不是樟木，多半是当地出产的香木。本以为，因为住的是四星级宾馆，所以卫生才如此讲究，处处搞得芬芳扑鼻。后来发现，这其实是爱尔兰人的一种生活方式和习惯。

爱尔兰人太注重卫生，这让我们出了一个不大不小的洋相。记得那天我们刚从机场到达张伯伦大酒店时，摄像师小潘由于拿了许多摄影器材，已经汗流浃背。我们在前台领了钥匙，就直奔四楼的房间。打开房门，立即来到洗手间，想先洗把脸。只见四十平方米宽的洗手间里，并没有洗脸用的脸盆，中间只有一个抽水马桶，旁边有一个我们从来没有见过的跟抽水马桶大小差不多的陶瓷器皿。一按旁边的不锈钢按钮，一股温水立即从面盆上部的一个龙头里喷出。我们判断它是面汤台。于是，小潘将面盆注满热水，跪在地上，开始洗脸。一面洗，一面抱怨："爱尔兰人真笨，面汤台设计的位置这么低！如果抬高一些，也不用我跪着洗脸！"

正在这时，陪同我们参加此项活动的香港亚洲电视台的一个导演 H 女士有事来找我们，见小潘跪在地上洗脸，H 女士就不解地问："潘先生，你这是在干什么？"小潘如实相告，H 女士听完就大笑不止，怎么也停不下来，最后竟笑得按住肚皮蹲在地上。我和小潘面面相觑，大惑不解。我不悦地问 H 女士："有这么好笑吗？"

H 女士抹干笑得流出来的眼泪，喘息着说："怎么不是呢，这个东西是洗屁股用的，你们怎么洗起脸来？"我和小潘立即涨红了脸，向 H 女士讨教才得知，原来这个神器叫"洗便器"！

在以后的几天里，我们摄制组跟随"世界大学生服装大赛"主办单位——皇冠伏特加酿酒公司的代表参观当地的城堡、农场、工人家庭、乡村小酒吧等才确信，原来爱尔兰人讲卫生，特别喜欢香料、花草，而且喜欢到了极致。早晨起来，我们便到宾馆对面的那个公园去拍点空镜头。由于当时（1994年）爱尔兰与中国还没有建交，所以当地人总把我们误当成经常来此地旅游的日本人。公园里古木参天，由于时值秋季，满地的绿草尖上顶满了各色的枯叶。公园里有一个湖泊，无数的天鹅和其他水鸟在水面嬉戏。好多鸽子飞在游客的脚旁，甚至头上、肩上，与游人共赏秋季美好的晨曦。空气里弥漫着一缕缕花草的清香。这里没有打拳、练操的人群，偶尔看见几个老汉和妇女在草地上慢跑。在公园的好几处道旁，看到石柱上有一个朝天的不锈钢水龙头，用手轻轻一按，便冒出一股水柱。此后，在一些街道上也看到过这样的水龙头，经打听我们才得知，原来这是给坐轮椅的残疾人饮水用的。

回到宾馆，我们便去用早餐，而这里的人最喜欢吃的是自助式的早餐，像乒乓球桌那样大小的桌子上摆了各种食品，出于好奇，每样食品我们都舀了一点品尝。面包是绝对的好吃，至于饮料，倒了好几种喝，都是淡淡的，好像是用什么木头煮的，除了有各种香味，没有其他的甜味或咸味。我选定了其中一种饮料，因为喝着像是用芹菜煮出来的。我突然悟出了其中的奥妙：原来爱尔兰人喝的饮料都是自制的，大多用天然香木、香菜、香草做的！

我一边逛着都柏林的街，一边思索着早餐时的这一重要的发现。在一家皮鞋店门口，一个穿着西装的老人，正神情专注地拉着小提琴，这位老者看上去至少有八十多岁，然而精神矍铄。尽管他脚下的那只铁罐子里，并不见有多少路人扔硬币，但他仍然拉得十分卖力，给人一种如痴如醉的感觉。突然看见来了一辆老式写字桌大小的车辆，一个强壮的男子在后面操纵，一打听，原来是吸尘车。车子开过，地上干干净净，却不见灰尘扬起。附近花摊上的一个姑娘奔过来，将几支漂亮的花束献给拉小提琴的老者，老者立即道谢，看上去他们是熟人。街上这种花摊很多，过路人往往置身于芬芳之中。我立即联想起了我国伟大诗人屈原的《离骚》中的诗句，其中诗人以香木、香花、香草为友，一再将这些作为自己精神寄托的句子比比皆是——"扈江离与辟芷兮，纫秋兰以为佩""朝饮木兰之坠露兮，夕餐秋菊之落英"……看来，我们的祖先十分喜欢佩戴香木香草。因为他们懂得，这是一种良好的卫生习惯。继而我又想起了古籍中记载的，祖辈喜欢在居室里焚香，在棺木中堆放着大量香料的做法。

未摄入凯旋的两个镜头

1985年4月初，全国几乎所有的报纸都登着这样一则热门的新闻："我国首次赴南极考察船队胜利归来，现停泊在长江口的鸭窝沙锚地。"就在这时，笔者作为上海电视台名牌栏目《大舞台》节目的编导，也差不多完成了他们早在四十几天前就开始的策划和准备工作，投入《凯旋》的紧张拍摄。这档节目，虽然后来已经播出，并赢得了良好的口碑，然而，未摄入该片的两件事情至今令人难忘。

第一个献花与第一次晕船

在《凯旋》中，有一个著名主持人小辰代表上海广大电视观众向南极考察队、领导献花的镜头。可以说小辰是第一个向胜利归来的英雄们献花的人。为了拍摄这组镜头，采撷到第一手的新闻资料，让我们的《大舞台》节目更接地气、更加感人，我们特地赶在船队进港，编队成员解散之前，去鸭窝沙锚地登船拍摄。

4月9日清早，我带领摄制组赶到了位于高桥黄浦江边的国家海洋局东海分局的码头。我们乘上了小小的汽艇，直驶长江口的鸭窝沙锚地。天空阴霾密布，吴淞口外，烟波浩渺，波涛汹涌。小汽艇越往前开，颠簸得就越厉害。在驾驶室里，我们和主持人小辰用力抓住扶手，应对着风浪的考验。汽艇一会儿被托上浪尖，一会被按下涛谷，其身体难受的程度，远超坐过山车，而且，时间又是那么漫长。几十个回合后，小辰坚持不住开始呕吐。这时，再要想出驾驶室的门，走进后面的座舱，不仅困难，而且危险。几米高的浪涛劈头盖脸地压上艇来，令人惊骇……经过一个半小时的折腾、煎熬，汽艇终于到达了锚地。整个摄制组成员的脸大多像张白纸，小辰的身体反应特别大，脸色很可怕，她苦笑着说："我现在头胀得厉害，这还没出长江口呢。真难以想象，这次我国的首次南极考察该有多艰苦！"她还坦言，上了"向阳红10号"考察船，她就想躺下，但考虑到时间有限、任务紧急，作为节目主持人，她还有大量的采访和拍摄工作要做，于是就立即振作起来，与同志们一起投入了紧张的拍摄……

总指挥床上的娃娃

首次南极考察编队的总指挥陈德鸿，年近六十岁，体格魁伟，性格开朗，充满了青春的活力。他是国家海洋局的副局长，职位应该说相当高了，但是却非常平易近人。上船后，我们发现他跟船上所有的人讲话都很随便，毫无架子。他热情地邀请我们到他的起居室去坐坐。

到了那里，只见好几个考察队员在里面谈笑。《解放日报》记者李文祺见我们进来，马上压低声音，一本正经地告诫我们说："请大家说话小声点，我们陈总的女儿睡在里面呢。"

陈总笑着应答："我的女儿明天就能上岸了！"

我们感到纳闷，到南极考察，还可以带上女儿？为了一探究竟，我推开了陈总卧室的门，想看看他女儿的芳容。哦，果然有个小孩盖着被子蒙着头躺着。小辰上去，掀开被子的一角，大家一看都乐了：原来躺在陈总床上的，是一个漂亮的布娃娃！身后的几个考察队员也笑得前仰后合，显然这是他们的杰作！在后来的采访中，我们不断地感受到考察队干群和所有队员的深情厚谊，这可是经历了千难万险考验的生死之情，手足之谊啊！

敬业、创新：永远的东视精神

——忆执导首届上海国际哑剧节

　　白驹过隙，一眨眼已过去了十年，许多往事已经渐渐淡忘，但是，上海东方电视开创之初，全体员工共同形成、造就的"敬业、创新"精神，至今还深深地烙在我的脑海中、心灵里，时时地感动我、激励我、鼓舞我去应对人生，去完成领导交给的各项任务、工作，去克服各种艰难险阻，去为东视创造新的辉煌。

　　1992 年秋，当时我四十岁出头，作为东视最早的员工之一，我们参与了东视的筹创工作。记得不管大会小会，穆端正、徐景杰、刘文国等台领导都反复地启发、倡导大家发扬"奋发有为，敢为人先"的精神，于是，所有的编导、员工夜以继日自发地开会，商量节目如何创新和独树一帜，大家都有甩开膀子大干一番的意向，恰如我们的台歌所唱："风从东方来，东方青春的风……"于是，一批令人耳目一新的栏目和节目应运而生，很快引起了全国同行的关注。东视也由国内一个不知名的小台一跃成为省台中的佼佼者。

在全台同仁的精神影响和感召之下，我执导了东视开创之初大量的综艺晚会，并取得了圆满成功。1993年秋，我把自己几年来一直想办而未办成的"举办首届上海国际哑剧节的申请"递交给了台领导。穆端正、刘文国等台领导立即把我叫去，热情、真诚地要我把整体设想说出来。我从容地阐述后，他们给我出了不少好主意，并当即拍板，由我来执导此项活动。台领导还出面办妥了向市有关部门申办该项活动的所有手续。刘文国等领导还帮助我联系了原上海文化局外事处的韦芝、钱世锦等同志一起加盟。半年多时间里，大家夜以继日地精心筹划，与国际哑剧界广泛、多次的联系、磋商，还联系了王景愚、陈佩斯、游本昌、王德顺等国内顶级的哑剧演员，仅审看各国哑剧艺术家寄来的节目带就达一百多个小时。导演组经过反复观看、论证、筛选，最终确定了所有的参演节目。

1994年3月18日，首届上海国际哑剧节的开幕式晚会在上海商城剧场成功举行。中央电视台一套也向全国做了同步转播。来自中、英、美、德、俄、波兰、以色列、加拿大等国的哑剧艺术家们以别开生面的形体语言，首次向中国观众展示了哑剧艺术这朵奇葩的强大的艺术魅力。市党政领导均出席并观看了这项重大国际戏剧文化交流活动，并给予了高度评价，国内外数百家媒体都在显要版面以十分欣喜和钦羡的口吻迅速报道了此项盛事。这项活动还被载入了当年的《上海文化年鉴》。

这项活动历时八天，一头一尾的开、闭幕式均为现场直播，期间还有五个专场录像，都是由我负责执导的。由于过度劳累，不久，我的胆囊炎复发了，为了不影响以后的导演工作，我决定去做胆切除手术。住院期间，刘文国等领导和东视同仁多次前来探望，并给了我许多安慰和鼓励。我对领导和同事的关心深为感激，所以病假还未结束就提前上班，执导直播了同样具有开创意义的"首届上海国际魔术节"和两届"黄浦旅游节"的开、闭幕式等一系列重大文化活动。

穆端正台长于 4 月 21 日颁发东方电视台 1994 年第 3 号嘉奖令，嘉奖令中说："这场盛会开创了我国有史以来举办哑剧艺术节之先，同时也为促进中外高雅艺术交流以及塑造上海国际文化都市形象做出了积极的贡献。节目部编导张文龙等同志付出了辛勤的努力，他们历时数月策划、奔波，殚精竭虑，艰苦备尝，他们以无声的行动为观众奉献了多台雅俗共赏的剧目，为中外哑剧艺术家创造了难得的交流切磋机会。为表彰这种创业敬业的精神，特给予节目部国际哑剧节节目组全体同志通令嘉奖。"

如果说东视人"敬业、创新"精神的许许多多事迹是茫茫大海，那我只不过是其中一朵小小的浪花。我将永远把这种精神珍藏在自己的心中。

半个世纪前的北外滩

　　这张黑白照片，拍摄于 1968 年，地点在泰东路市轮渡码头。当时我正好乘渡轮赶去汇山码头，参加在上港五区的"学工劳动"。汇山码头位于北外滩，黄浦江最美丽、最浪漫的拐弯处的岸边。

　　古人谈到诗，往往会说"诗言志"。其实，摄影，尤其是照片的选择，又何尝不是如此。阴暗的天宇，缓缓流淌的浦江水，《岳阳楼记》中"满目萧然，感极而悲者矣"的诗句很能揭示我此时惆怅和无望的心绪……

　　说起这个汇山码头还挺有来历，汇山码头 (Huishan Matou) 这个名字，来自租界初开时的一个随便命名：wayside wharf（路边的码头）。汇山码头是当时连接天津、福州、长沙、台湾等地的洋务运动的重要口岸。中国正是从汇山大码头驶入了近代经济时期的。汇山码头的西部为华顺码头，华顺码头又名"老宁波码头"，建于清咸丰十年，原名宝顺码头，属于美商旗昌轮船公司，光绪三年售予招商局，光绪九年又转售与英商公和祥码头公司，并改名华顺码头。甲午战争后，光绪二十九年，麦边洋行将汇山码头连同其在长江航线上的轮船，卖给了当时的日本邮船会社，改建为日本邮船会社码头。这个钢筋混凝土码头全长二百六十米，前沿水深七米，是当时上海港最好的码头。1922年爱因斯坦夫妇途经上海参观游览的登陆点也在汇山码头。二战期间，以汇山码头为载体，衍生了犹太人在上海的暂居点。直至1937年与日商经营的黄浦码头、杨树浦码头、汇山码头及英商经营的华顺码头，统称为汇山码头。"八一三"淞沪抗战时为日军据点之一。张治中将军率领的部队曾在这儿与日本侵略军血战过，当时尸横遍野。日本占领上海期间，日军军火通过汇山码头登陆远运，仓储军火。抗日战争胜利前夕，汇山码头被美军轰炸机炸毁。1945年，侵华日军投降后，残部正是从汇山码头狼狈地撤回了日本本土。随后汇山码头由美国海军司令部接管，驻泊美国军舰。所以说，汇山码头见证了上海近代被侵略的历史。

中华人民共和国成立后，汇山码头由上海港务局接管经营，一度属于上港五区和三区。我拍摄的角度大部分属于上港五区，主要负责外贸物流的装卸。公平路以东，属于上港三区，主要负责国内贸易的装卸。所以这里货船南来北往，码头工人日夜忙碌，从一个侧面见证了上海经济的腾飞。直至2000年以后，随着港口功能转移，这里成了上海国际航运服务中心所在地。货运码头也逐步转移到外高桥、洋山港等地。

从这张照片中我们可以看到，当时的北外滩，房屋（基本上是仓库）都比较矮，除了堪称经典、二十多层的上海大厦，这是上海少数几幢设计得非常有特色、值得骄傲的高层建筑。它的左边，露出脑袋，有点像凉亭的建筑，就是建在苏州河畔的著名历史建筑邮电大厦，它曾在电影《战上海》中作为重要的场景地反复出现。它的右边，可以看到苏联驻沪领事馆（现为俄罗斯领事馆）的屋顶。不过在"文革"期间，那里曾是上海"上海工总司"的司令部。这个地方，是上海电影制片厂拍摄的《地下少先队》的主要场景地之一。除了这些，照片里看不到其他的高层建筑，有的只是汇山码头的仓库，当时的北外滩，繁荣的程度比浦东的陆家嘴好许多，但也好不了多少。

那些年，中国的工业比较落后，交通也不发达，所以在并不宽畅的黄浦江中间，居然还可以设有锚地。两艘二三千吨位的大庆4号轮、8号轮停泊在这块锚地上，正好挡掉了著名的上海的一景——外白渡桥。这里后来是上海的臭水、黑水的交汇处，苏州河流到黄浦江，分界线黑白分明，十分刺眼。不过，当时情况还不是十分严重。

在外白渡桥和汇山码头之间，还有一个海军停靠几百吨小舰艇的码头。别小看这个其貌不扬的地方，"文革"之前的好多电影，涉及片中主角离开上海，乘轮船去欧洲求学、避难，或是转移到香港等地的镜头都是在这里拍摄的。连1965年由周恩来总理担任总策划的大型音乐舞蹈史诗《东方红》第一场中《苦难的年代》的场景地也安排在这儿。演出中，特意安排了衣衫褴褛的码头工人哼着压抑、愤懑的劳动号子在这里的外轮上卸货，而背景是外滩万国建筑和黄浦江上横冲直撞的帝国主义国家的军舰……现在如果再在这儿拍类似戏码，则要做好多特技，才能把许许多多现代的景观去除。几十年之后，世界各国来上海访问的各种军舰一般都停靠在这里，通常会在码头上举行隆重的欢迎或欢送仪式。各国的海军来到此处，都会感叹上海的摩天大楼高得出乎他们的预料。

这张照片还有一处很有意思的纪录，那就是尽管这里距离上海市中心最耀眼的景观——外滩近在咫尺，可非常落后、大多没有动力的大帆船还在不时经过，可见半个世纪前，我国的交通有多落后。

我拍照片的地方，正好紧挨着利华造纸厂装卸稻草的码头，旁边停放了好多等待卸掉稻草的驳船。角度关系，在照片里是看不见的。同样看不见的，在拍照的地方，还有利华造纸厂每天在这儿将大量造纸的污水直接排放进黄浦江。尽管有刺鼻的异味，但在此处摆渡的人们都习以为常。

　　当时我只有十八岁，因时代原因，初中我只读了两年就被迫辍学，在前途渺茫、情绪低落的心境中去参加由原先所在的中学组织的几个月的"学工劳动"，当然也学到了不少知识。当年的汇山码头，基本上没见过停靠邮轮，经常停靠的是一些外国的货轮，我记得，我们跟港务局的老师傅一样，戴着藤制的安全帽和帆布手套，每天往很多艘六七千吨或者是万吨的中外货轮上装运无数吨的大米、面粉、花生米、大豆、奶粉、海带干和黄鱼干。当时没有集装箱，货物都是装在麻袋里，堆在钢绳网上，用船上的吊杆吊到船舱里，我们再用手抬、肩扛的办法，将这些一两百斤重的麻袋堆放好。有个别的麻袋破损处露出了里面的货物，那些大米晶莹剔透，比我们平时用粮票购买的定量米不知好多少，黄鱼干也是金黄锃亮，十分诱人。在市场上根本见不到，即便在春节供应时偶尔见着，质量也无法与之相比。工人老师傅告诉我们，这些都是我国政府无偿支援越南人民的货物，帮助越南正在进行的抗美救国斗争。我们这些中学生顿时感到所做的工作非常神圣，一种道义上的满足和自豪感油然而生。这是我在学工时无意之中接触到的国际主义方面的知识。至于那些破损的麻袋，会有几个上了年纪的女工及时赶来，非常快速地将它们补好。

　　我也曾在另一艘北欧的小型冷藏货轮上劳动过。上船时，有边检会查看每一个人的通行证。我们的任务是往上面装运对虾、比目鱼、海参等纸板箱货物。这些都是当时中国人眼里的高档食材。尽管是夏天，但进入零下十度的货舱必须穿上厚厚的、脏兮兮的棉袄，戴上厚厚的棉手套。工人师傅告诉我们："这是出口换汇的货物。"由于是"三班倒"，所以下班时已是深夜。路过外国船员居住的舷窗时，有的没有闭上窗帘，我们看到了里面竟然挂着一些女明星的照片，我们这些年轻人大惊失色，工人老师傅压低喉咙告诫我们："记住，这是腐朽的东西。不要看，更不要传，否则会招来麻烦！"中断学业，不知道将来前途在哪里的我们，自然将老师傅们的警告牢记在心。

虽然也是凭票供应，但港区食堂里的饭菜还是不错的，足以应对繁重的体力劳动。福利是夏天的冷饮水（有盐汽水、橘子水，也有酸梅汤）免费，这把我们这些身无分文的中学生乐坏了，有一个姓陆的同学由于多喝冷饮，竟然患上了急性肠炎，吊了一周的盐水……

现在回过头来看这张照片，想到北外滩的沧桑巨变，恍若隔世，让人感慨万千！

汇山码头已经变身为上港集团国际客运中心。附近的上海大厦、邮政大厦现在形似"侏儒"，却以优秀历史建筑的身份自豪地继续存在，其他的老建筑大部分已消失得无影无踪，取而代之的是形态各异、线条变幻莫测、设计相当前卫的现代摩天大楼。另外，欧美的豪华邮轮，中外海军现代的驱逐舰等经常停泊在此。更加可喜的是，无论是黄浦江还是苏州河，经过三十多年坚持不懈的治理，黑臭消除，生态基本恢复，在江边河滩，经常可见大闸蟹爬上堤坝，鱼翔浅底。

由此，联想到北外滩的对岸，恰恰是陆家嘴的摩天大楼建筑群和漂亮的东方明珠塔。改革开放以来，这里已成为现代上海，乃至现代中国的面孔。作为上海人，感到无限自豪！

到了夜晚，亮着各色彩灯的游轮在这段江面上来回穿梭，流光溢彩，美轮美奂。用LED大屏包裹的摩天大楼，色彩不断地在变幻，让人仿佛置身仙境……

我又猛地感悟到，我的人生似乎与这照片具有某种逻辑上的契合，不是吗？回顾自己已走过半个世纪的人生，我从一个仅读到初中二年级就中途辍学、失业的青涩书生，十几年后，国运变了，自己通过自学和不断努力、奋斗，不但在恢复高考后考上大学，而且后来又通过招聘考试，当上了上海电视台的综艺导演，荣获了几十个国家级，甚至国际上的影视大奖，成为一级导演（正教授级）、两届市政协委员、电视台的首席导演、作家……我感谢祖国，感恩遇上的好时代，感恩父母和太太、子女，以及所有指导、帮助过我的领导、老师、同事和朋友！

铭心刻骨的忘年交

—— 感恩与陈明刚先生半个世纪的交往

左起：张文龙（笔者）、熊飞燕（陈明刚太太）、张昱坤（笔者儿子）、陈明刚先生、陈国美（笔者太太）。

这张照片摄于近二十年前——1999 年 2 月 9 日（腊月二十四）的晚上，地点在当时南市区的小东门绿苑大酒店，这是"谢恩宴"。设宴的目的，就是要感谢那些对我一生中给予巨大帮助的长辈和朋友。我的父母、哥嫂、内兄内弟都出席了。我的儿子为什么会穿军装呢？那是因为他当时还在西安军队高校深造，此次正好返沪度假。邀请的嘉宾，除了陈明刚夫妇，还有上海说唱泰斗黄永生，以及著名曲艺家陈卫伯等社会名人。拍合影时，我让陈明刚夫妇坐在最中间，这足以证明我对陈明刚先生的无限感激和崇敬。此事虽已过去近二十年，但再次端详，心中还是充满了温暖和眷恋！

一般而言，一个正直、善良的人，他的一生中，总会遇到一个或几个曾经给予他巨大帮助的贵人。这种贵人当永远记住，对于他的帮助应该感恩！即将知天命的我有必要透露一下，我一生中，遇到过几个贵人，他们对我的帮助甚大，值得我记一辈子。贵人之一，就是陈明刚先生！

陈明刚先生长我二十一岁，生于 1929 年 10 月，2018 年已经八十九岁。中华人民共和国成立前，二十岁都不到的他，曾在上海的某家银行工作，那时他毅然加入中国共产党，成为中华人民共和国成立前在上海做出贡献的地下党员之一。中华人民共和国成立后，立即成为我党管理上海金融工作的干部之一。1954 年，上海市首任市长陈毅亲自签发给陈明刚先生委任状，让他担任中国人民银行上海分行东昌区办事处副主任。当时他才二十五岁。后来，陈明刚先生又到杨浦区财政部门的领导岗位上工作了近十年。

遥想中华人民共和国成立前的陈明刚先生，在社会上最令人羡慕的银行里工作，国字脸，头发梳理得一丝不苟，戴着一副金丝边眼镜，待人接物温文尔雅。中华人民共和国成立后，他开始脱下了军服，身着深蓝色卡其中山装，代表党执掌上海某地的金融大权，脸上永远带着儒雅的微笑。照例，像他这样一个老革命，仕途应该一马平川，生活一定非常优裕，然而，实际情况并非如此。

首先，他遇到的最大不幸是来自他的爱人熊飞燕老师，熊老师的父亲是一个老中医，家境殷实。她原本在 所小学当教师，不料命运多舛，1957 年，她受到了不公正待遇。陈明刚先生的仕途受到严重的影响。但是，他依然对熊老师不离不弃，始终伴随着她一起走出了那一长段的人生沼泽。如果陈明刚先生是个只顾自己升迁，无情无义之徒，那么，他的家庭及个人的结局有可能完全改写。

我认识陈明刚先生是在 1969 年 3 月。当时，已经到了"不惑之年"的陈明刚，正在经历他人生的第二段巨大的坎坷，到沪东街道的其昌栈居委参加挖防空洞的劳动。我当时正好生病，就被允许作为病休青年辍学在家里。

在举国进入战备体制的形势下，尽管我是病休青年，也要参加挖防空洞的劳动。就这样，我在工地上认识了陈明刚。

那时候，我和陈明刚一样，穿着白色的背心，一起挖泥土，一起推着小车运送泥土，或是一起做砖头。我只要在现场，都会把拉车、挑泥等重活、累活抢来干，尽量让老陈减少体力支出，毕竟我二十岁未满。认识陈明刚之后，我们之间有很多聊天的机会，几乎无话不谈。聊老上海的故事，聊文学。我觉得跟老陈"心有戚戚焉"，而老陈则常常对于我扎实的文学功底予以赞许。通过交谈，我们了解了彼此。

我本来叫陈明刚为"陈老师"，但他是那样平易近人，一定让我叫他"老陈"。我告诉他，我现在是个病休青年，可我读小学时，成绩一直很好，担任了六年的中队长；念中学时，除了作文其余成绩都是一百分，被评为学校里的三个"三好学生"之一，担任了校团总支宣传委员（一千六百多名学生中的二号人物）。

老陈对病体青年的我说："小张，你要记住，生活不会永远是这样的！"他还关切地问我，"小张，以后有什么打算？"

我回答说："我还是想去读书，读大学。"

他拍拍我的肩膀："你有上大学的志向，很好！孟子好像有一段对于逆境中的人的忠告。"

我说："记得，'天将降大任于斯人也，必先苦其心志，劳其筋骨，饿其体肤，空乏其身，行拂乱其所为也，所以动心忍性，增益其所不能。'"

"就是，就是，以前的语文书里都有。"老陈坚定地说。

他的话，使我在漫漫长夜里，看到了一线曙光。

我的家距离防空洞不远，公私合营之后，母亲在杨浦区浦东的一家百货商店当营业员。从大的财贸系统结构而言，我母亲其实也是陈明刚的部下，但老陈见我母亲时，没有那种居高临下的感觉，而是十分亲切地叫她"文龙姆妈"或"大姐"，还与我妈聊起所在商店的领导和同事，当然，这些人也曾是陈明刚的部下。

就这样，我和陈明刚一起干活居然有几个月之久，他成了我心中的良师益友。从他身上，我学到了许多有价值的东西，比如执着的人生观、宽阔的心胸、广袤睿智的视野和对祖国前途充满乐观的心情……

没过多久，防空洞不挖了，我与老陈也就分别了。

在家里，我除了照料多病的父母，继续着九年的苦读，自学从初中到大学所有的文科课程。教材都是现成的，因为我大哥就读于上海海运学院，二哥在东昌中学读完高中。我牢记陈明刚的教诲，用知识去填补自己空寂的心灵。我要学习老陈，精神上坚强起来，用知识不断充实自己，因为知识就是力量！

令我没有料到的是，几年之后，我又与老陈相逢了。

1975年1月8日，作为病休青年的我，终于迎来了人生道路上的第一份职业——在杨浦区沪东街道一个专门做照相簿封面的生产组工作，具体做的是"穿板子"，就是用彩色的塑料带子做成照相簿封面的那条彩色的花边。我和三十多个中老年妇女在十八间豪华阔气的房间里，围着一张方桌一起"穿板子"，一天工作八个小时。我穿了四十一天的板子，突然接到街道集体事业办公室领导的电话，要我到街道革委会报到。去了以后得知，他们听说我是个"可用之才"，就把我调到街道办事处，要我担任街道修建队的队长。我现在已经无法考证，这个人事变动是否源于老陈的推荐？当然，在此之前，我在街道团委和集体事业领导那儿也曾有过几次亮相。

当时，我去的修建队刚刚组建，居然有一百八十多个员工。担任修建队的领导工作，虽让我身心疲惫，但也让我这个年轻书生受益匪浅。幸亏以前担任过一千六百多名学生的团干部，我很快就适应了这个团体，并且仅花了几个月，就拾掇得有条不紊，成了一支很有组织性、纪律性、拉得出、打得赢的队伍。在街道十几平方公里的范围内，我们修造了十多处生产组的厂房和街道医院。建造质量和速度都受到广泛好评。

在街道革委会大院的底层，我有一间四十多平方米的办公室。值得庆幸的是，在我办公室的楼上，是街道办事处的防空办公室，在那里，我又见到了老陈！作为街道党委委员，他分管防办的工作。我们可以经常见面，每周有两个晚上，我应邀参加街道防办组织的学习会。我估计这个安排一定是老陈的主意。

1976 年，陈明刚被杨浦区人民政府召回。没过多久，我就被调到街道办的业余中学担任校负责人和语文老师。

1977 年的秋天，国家宣布恢复高考，并将于 12 月份在全国各地统一举行，这让我及所有想读书的年轻人欣喜若狂。我立即去报名。并把此决定电告老陈，得到的当然是支持和鼓励。我的第一志愿是复旦大学的国际政治专业。尽管复习的时间只有一个多月，白天我还要上课，只好利用晚上的时间埋头做题。

幸好有九年自学的底子，我较少花时间去重温文科。在一个多月的时间里，我把主要的精力放在攻克数学的难关上。仅读了两年的初中，数学只学到二元二次方程式的我，至于对数啦、解析几何啦、三角函数啦……都未学过，见到初三和高中的数学题，简直是如看天书，但是老陈的勉励给我带来了强大的动力和毅力，促使我四处讨教。记得有一次为理解一道数学难题，我骑了一个多小时的自行车赶到偏僻的农村的一位老师家里，搞懂原理，学会解题，回到家里已时过子夜。

备考的那些天，我每天基本上只睡三四个小时，硬是把初三和整个高中所有的数学知识攻了下来。

高考结束，我各门功课的考分均在八九十分以上，数学居然考了九十七分。总分远高于复旦大学的录取分数线。不久，我便收到了去复旦大学体检的通知书。当时的心情非常兴奋，知道自己的考分已经在及格线之上。体检结束，被校方要求当场填写政审表格，我如实将自己的家庭出身、社会关系进行了填写。然而，因为一些原因，高考发榜日过去了好多天，我都未等到录取通知书。复旦与我擦肩而过！

当时心气颇高的我，第二、第三志愿都填的是复旦大学（中文系和哲学系）。第一志愿未通过，竟造成了后面两个志愿也被无视，这让我非常沮丧。但是，我没有气馁。冷静下来之后，我还是边教书边复习，几个月后，又参加了第二次高考。这次我算是接受了上次的教训，放低要求，报考的是上海师范学院中文系。非常轻松地跨过分数线，拿到了录取通知书。对此，我的父母当然非常高兴，身体也好了许多。

我当即把这个喜讯电告老陈，他对我表示了祝贺，他说："挖防空洞时，我就看出来了，小张将来一定会有出息！"

谢谢老陈的鼓励，我于1978年9月，终于实现了自己考入大学的梦想，此时的我已经二十八岁。我发誓，一定要发奋读书，将来成为一个作家或者艺术家。

进大学以后，我每天都在阶梯教室中自修到深夜，除了研习古文，就是学习小说和剧本的写作。为了不加重家里的经济负担，四年住校学习过程中，我没有买过任何营养品和消夜之类，唯一陪伴我的食物是一杯（保暖杯）绿茶。新婚宴尔的我，还严守校纪，跟其他同学一样，每周仅在周末回家一次，从未缺过课。我要把以前失去的宝贵学习时间再抓回来。果然，在入学第二年学校举办的话剧创作大赛中，我创作的话剧《荷花泪》荣获了"一等奖"，其他各门功课均为优良。

入学的第三年，1980 年 4 月，我从报纸上获悉，老陈担任了第七届杨浦区副区长（此后，他又连任两届杨浦区的常务副区长，一直到 1990 年 7 月他退休为止）。

1982 年 6 月，四年制高等教育结束，我毕业了，被分配进杨浦区教育学院业教部执教。我立即打电话，向已经是杨浦区副区长的老陈做了汇报，他依然如故，非常热情，对我的新岗位表示祝贺。

在这所专门教老师的学校里教书，这是我人生的第二个正式职业，所以干得特别卖力，是学校里唯一一位一个人开三门课（《大学语文》《高中语文老师备课班》《写作班》）的老师。其他老师一般只授一门课，授两门课的也屈指可数。

但繁忙的工作，并没有浇灭我想当一位作家和艺术家的梦想。

机会终于来了！1983 年初夏，当时上海发行量最大的报纸《每周广播》刊登了一则上海广播电视局《招聘编辑、记者、导演启事》，我看后，开始躁动起来。我虽然非常喜欢教师的工作，但当一名编辑、记者、导演对于我更具诱惑力。为了避免多走弯路，我就去向弄堂里的一位邻居 X 君请教，X 君还是我同校同系的大专班同学，早我两年毕业。X 君于 1981 年参加了上海广电局第一次社会招聘，他考入上海电视台。我向他咨询："能告诉我，你们上次都考了些什么吗？"

岂料，X 君竟回答："早就忘了。"

我平静地说："这样也好。想当初 1977 年我去参加高考，也是在毫不知情的情况下去考试的，结果考分还挺高。"

X 君不屑地笑道："这回可不一样，很难的，要凭真本事的！"

我说："这个招聘考试我一定会去试试。考取了，当你的同事；考不取，还是回教育学院，继续当我的教师。"

上海广电局的招聘考试安排在 9 月 11 日下午，地点是富民路 50 号的爱华中学。据说报名者将近五千人。从下午一点一直考到傍晚六点结束。监考很严格，他们来来回回穿梭在五千名考试者中。由于考试时间长达五个小时，中间去了一次厕所，竟有同性的监考陪同。考卷足足有一米八左右长，而且正反两面都是密密麻麻的考题，内容涉及古今中外百科知识。光翻译古文，大约有二十篇左右，其中难度最高的当数先秦屈原的《橘颂》，一下子把好多考生考倒了。对我而言，此文正中下怀，我在执教《大学语文》时，恰恰教过此文，根据这张考卷所提供的素材，编写成新闻报道也有十几篇，大小各类作文至少十来篇；其中，不能少于八百字的大作文的题目让我至今难忘，题目叫《上海的山》，要求：可以写成记叙文，也可以写成议论文。不得不承认，这个题目起得好，起得绝，一下子可以把参考者的考分拉开。

此次招聘考试，我的态度是去试试看的，故未做任何复习准备，加之录取率一定很低，我认为自己基本无望。但出乎意料，不久，我就接到了去北京东路2号上海广电局复试的通知。

刚踏进上海广电局那个瞬间，留给我的印象令我终生难忘：初秋的上午，金黄色的阳光撒在北京东路2号的门口，两名英姿飒爽的士兵在巨石堆砌的电台大楼门口站岗。我拿着复试通知，穿着整洁的灰色中山装，满怀喜悦，踩着不远处海关的大钟传来的优雅的音乐，踏进了这幢巍峨的广播大厦。大楼里的装饰极其精美豪华，天花板上都镶有精美大气的线脚，宽阔的楼梯大概是用进口柚木制作的，锃亮的栏杆精雕细刻，涂的似乎是钢琴般的黑色油漆。所有的过道和房间的墙壁，都被深褐色进口的护壁板覆盖，边上镶嵌的线脚精美而又典雅。尽管有了楼梯，但它的两边还各备有一部美国进口的小电梯。原来外滩的楼宇这么奢华！

复试就是在这样的"圣殿"的几间大会议室里进行的。经过一整天的"大剂量"的文学、历史时政和各类文体写作的考试，结束时，许多人觉得疲惫，可我还是觉得很轻松。还是那句话，这源于九年的发奋自学和老陈的教诲，使我具有了相当好的心态。

不久，又出乎我意料，我居然拿到了最后面试的通知。参加者有五十人，录取仅二十五人，二取一，录取率甚高。

世事就是如此奇特，有些好事，你越不把它当回事，它越会积极找上门来；你越想要实现的好事，往往如月中嫦娥，可望而不可即。幸运的我，于 1983 年 11 月中旬，最终拿到了广电局的录取通知书。我立即在第一时间向老陈汇报。他马上表示祝贺，并说："还记得十四年前我说过的话吗？"

我激动地回答："怎么会忘记呢！"

到广电局报到时，我才得知，自己被安排到上海电视台文艺部当一线的正式导演。当时我多少有点纳闷，因为我报考的可是电台啊！主持这次考试的负责人汪韵之老师在走廊里碰到我，他语重心长地对我说："小张，这次招聘考试，你名列前茅，所以我们安排你到最需要人才的电视台文艺部工作，希望你能不负众望！"我郑重地向他点点头。

到了 2000 年，我实现了向汪老师的庄严承诺，经严格的考核，被评上台里第一批首席导演。可惜，在一年之前，汪老师已因病辞世。

考入上海电视台后，我立即向杨浦区教育学院的领导做了汇报，但他们坚决不让我离开原来的工作岗位。为此，几个月中，上海电视台组织部多次派了孙重亮、陈玉书等老师到杨浦区教育局和区教育学院来商调我，但都无功而返。

当时的我，一面在原单位执教华师大委托办的中文系本科函授班，一面在电视台文艺部撰写并执导了一部四集规模的专题片《铺向舞台银幕之路——上海戏剧学院巡礼》，内容是介绍中华人民共和国成立以来上戏对我国的戏剧和电影事业所做出的巨大贡献，尤其是培养了如祝希娟、胡庆树、焦晃、杨在葆等一大批中国戏剧、影视界的巨星。

我的处女作拍好播放后广受好评，但是，我的人事关系还是在原单位压着，并没有转到上海电视台。我通过电话把这个情况向老陈做了汇报，我向他坦言："您是了解我的，我从小就有成为一个文艺家或者作家的梦想。"他劝慰我说："小张，当一名教师也挺好的。"我说："是的。在教育学院，当我的学生听说我考取了电视台，都舍不得我离开呢。"

所以，我在没有得到教育局允许的情况下，仍然坚守岗位，抽空才去上海电视台工作。

几个月后的一天，杨浦区教育局组织科的科长突然打电话通知我，要我到局里去办调离手续。我欣喜若狂，问："同意我去电视台了？"对方回答："同意了。"

后来我到上海广电局招聘办公室吴蕴姗老师那里报到时获悉："你们区里有好几位领导曾经过问过此事，他们问区教育局局长，'如果你的子女考进电视台，你放还是不放？现在主流媒体急需人才，我们也应该顾全大局。毕竟，就我们的国家、社会而言，那里的工作岗位更加重要！'"

我感动得几乎要落泪，我知道，老陈一定在为我主持公道！

在考入上海电视台后的三十多年里，我一直勤奋工作，以报答老陈和电视台的各级领导和老师对我的厚爱！我作为综艺节目的主力编导，工作一直十分繁忙。1992年，我又参与了上海东方电视台的创建，忙得不亦乐乎。可再忙，我每年都要去看望老陈几次，都要向他汇报我的工作成绩和家庭情况，听取他的各种指教。我执导的各档节目曾经荣获过国家级、地方级各种奖项达五六十次，还两次被评为"全国最佳电视导演"。1999 年，我取得了一级导演（正高）的职称，不久，又被评为 SMG 首席导演。我还当上了第十届、第十一届上海市政协委员。我从普通制片人，一直做到戏剧频道的播出总监。退休后，一直担任上海白玉兰戏剧表演艺术奖评委，又被上海市作协吸收为作协会员，还当上了上海电影艺术家会员、中国文艺评论家协会会员……甚至在 2017 年 3 月底，我自编自导的一部网络大电影，还在美国第二十届好莱坞国际电影节上荣获了金奖（东方网和上海市政协《联合时报》均有大幅报道）。我必须承认，这些成绩都与老陈和我一生中所有的师长、朋友对我的教诲、鼓励和帮助是分不开的。

十年前，熊老师因病辞世，老陈坚强地挺过来了，因为三个子女及其家属都非常孝顺，他们轮流值班，一丝不苟地细心照料着自己的长辈。所以，尽管现在老陈已年近九旬，仍精神矍铄，而且思路清晰，十分健谈。

文末，再次向老陈——我一生中的贵人之一，表示最衷心的感谢！诚挚地祝愿他健康长寿！

参访中东两地的震撼和思索

　　在此次为期两周的中东之行中，有两个非常意外的高潮：一是探访约旦史前古城佩特拉，其奇绝和宏伟，使我们感到震撼、惊愕不已；而后来参观以色列的"社会主义试验田——基布兹"的经历，也是让人惊奇，耐人寻味，值得深思。

　　我们上海市政协之友社一行二十八人，是在"十九大"闭幕几天之后去中东旅游考察的。去之前，我的太太因体力不济，遗憾地放弃了此次与我同行的打算。我的老领导金闽珠则反复提醒大家："那里非常值得一去啊！"后来事实证明，此言不假！

　　乘飞机去以色列的特拉维夫，大约花了十二个小时。茫茫的沙漠和戈壁之中，绵延着一座石头垒起的城市。特拉维夫国际机场的样子，如同我国一般省会的机场，规模较小，但设备还是比较先进的。天是瓦蓝瓦蓝的，十分透彻。气候宛若夏末，非常怡人。我们乘坐大巴随着扑面而来的棕榈之风，进入特拉维夫市。虽然大多数与以色列建交的国家都把使馆建在这里，但其市容与十年前我国中小型城市的面貌比较相似。特拉维夫紧临地中海，站在海边仰望天空，白云飘荡。俯视海滩，满目金沙，海鸥在蓝色丝绸般的海面上飞掠翱翔，一些健硕的青年男女在浪尖涛谷毫不畏惧地在冲浪，景色十分迷人。附近的恺撒利亚和阿克，都拥有不少史前和中世纪古城的歌剧院、竞技场、宫殿等的断壁残垣，显得十分壮观，但对于我们这些曾经游历过希腊、土耳其等国的驴友而言，一切都似曾相识，并未感到多少惊讶和好奇。早就听说以色列人民对我们中国人很友好，这次旅行中也充分感受到了。仅举一例，我们下榻的宾馆的门厅里，往往插着七八面国旗，而在靠近以色列国旗的地方，必然可以看到一面五星红旗。这使我们的内心感到很温暖，有一种宾至如归的感觉。

真正让我们目瞪口呆的，是来到约旦南部海拔一千米高的佩特拉古城的那段经历。此地距首都安曼约二百六十公里，也是地处广袤的沙漠之中。进入这座古城，首先必须穿越一条约1.5公里长，时而窄得只有两米多、时而宽成十几米的峡谷小路。路上布满粗劣的砂石，坎坷不平，而两旁都是上百米高、面目狰狞的悬崖峭壁。可借用唐代大诗人李白的描绘，此处的山势"峥嵘而崔嵬，一夫当关，万户莫开""黄鹤之飞尚不得过，猿猱欲度愁攀援"，然后，一旦跨入主景区，天地又忽然开朗，展现在你面前的是一块开阔的盆地，让人觉得宛如来到世外。映入你眼帘的，是紧贴着高山的一座古城，所有伟岸的建筑，几乎全在几百米高的岩石上雕琢而成。那欧式的巍峨的宫殿、挺拔的罗马立柱、女神和圣贤的精美雕塑、威严的大法院遗址、豪华气派的大剧院、各座政府衙门……都是雕琢在坚硬的、带有珊瑚宝石般的微红色的岩石上，虽然经过两千多年的风化，但它们形态尚在，依然在阳光照射下熠熠发亮。雄伟、恢宏的都市风貌保留得相当完好。特殊的地貌使它呈现出绝美的颜色，所以此处又被称为"玫瑰古城"。这是需要多少万人开工，经过多少漫长的岁月才能完成的宏伟的工程！此时的我们，已经惊讶得面面相觑，只剩下连连赞叹和不断按快门的声音！同行的绘画大师俞晓夫也算是见多识广之士，此时的他竟放下临摹簿，也激动地拍摄，生怕将美景遗漏……

不光是我们中国人，世界人民大多不太熟悉这个佩特拉古城。两千多年前的佩特拉原为纳巴泰人的王国首都。纳巴泰人是阿拉伯游牧民族，约在公元前四世纪从阿拉伯半岛北移至这里。他们把自己的国都建在这里的高山峡谷之中，就是因为这儿易守难攻。公元前一世纪时，这里极其繁荣，直到公元106年，才被罗马帝国军队攻陷，沦为罗马帝国的一个行省，所以现在还能看到很多在古罗马文化中常有的建筑。二世纪起，因红海贸易兴起，代替了陆上商路，佩特拉开始衰落，七世纪被阿拉伯军队征服时，已是一座废弃的空城。曾经盛世辉煌的佩特拉城从此消失在文明世界的视线里，而创造这一辉煌的纳巴泰人也谜一般消失了。之后的漫长岁月里，只有少量阿拉伯游牧民族的贝都因人在此荒漠中生活，直到1812年被瑞士探险家发现，才得以重见天日。1985年被列入"世界遗产名录"。后来，2007年7月8日佩特拉古城被评选为"世界新七大奇迹"，也成了约旦最负盛名的古迹区之一。现在，这里成了重点旅游区，驮人的马匹和马车，以及无数的小贩不断穿梭其间，显得热闹非凡。

如果说约旦的佩特拉古城使我们惊讶不已，那么在以色列基布兹的见闻，则使我们回味无穷、思索连连。

我们的旅游大巴在穿越了浩瀚的戈壁和沙漠后，终于来到了因盖迪的一块美丽的绿洲。高大的棕榈和椰枣树婆娑，仿佛在欢迎我们这些来自中国的驴友。满目芳草萋萋，绿树成荫，如同置身公园。这里就是所谓"社会主义的试验基地"——基布兹。

时值正午，我们首先到基布兹的人民公社食堂去用餐。那里的规模与我国一般中学的学生食堂相似，十几张长桌整齐排列，大概可供两三百人同时用餐。虽然是自助餐形式，但规定：三样主菜——大块的红烧牛肉（约200克）、白煮鸡块（约100克）、鱼块（约150克），只可以各取一块，不能多拿。其他的食物，如面包、蛋糕、馕、鸡蛋、蔬菜、水果、冰激凌和各种调料，以及橙汁、可乐等好多种饮料，可以随意取。若要饮酒，则需另外购买。至于食品的口味，我只能说，并不难吃。用完餐后，必须将用过的餐具送到规定的窗口，分门别类后，由工作人员处理、清洗。食堂里人声鼎沸，各种肤色的游客一边用餐，一边在热烈讨论交谈，凭借四十年前在大学里的英语根底，所以大致能听出他们的谈话内容。

午饭后，我们到基布兹各处去参观。听说来了中国人，正在劳作的七十岁老汉——扎巴顾不上脱下工作服，就被派来接待。他自豪地给我们介绍起基布兹来。"基布兹"这个词，在希伯来语中有"聚集""团体"之意，它是以色列的一种集体社区，过去主要从事农业生产，现在也从事工业和高科技产业。平时，基布兹还承担部分国防和治安任务。基布兹的目标是混合共产主义和锡安主义的思想建立乌托邦社区，它的宗旨是在生产、消费和教育等一切领域实行自己动手、平等与合作。社区里的人没有私有财产，工作没有工资，衣食住行、教育、医疗都是免费的。外人（包括少数外国人）可以通过网上报名自愿加入基布兹，但需经两年左右的考察期，只有当多数人认可你了，才能被正式录用。结婚成家后，会分配给你房子，两三户人家住一栋别墅。多数基布兹的布局相似，具备位于中心的诸如餐厅、礼堂、办公室和图书馆等公共设施，周围是成员的住宅和家庭花园，在这些以外是体育、教育设施和大面积的公共花园和绿地，周边则是工业大楼和农田。基布兹里面的成员也可以自愿退出，退出的时候可以领到一笔退出费以回报对社区的贡献。到2013年，在以色列全国各地，从北部的戈兰高地到南边的红海，大约有12万人生活在 274 个基布兹中。以色列的基布兹，工业产值约 120 亿美元，占全国的 9%；农业产值约 75 亿美元，占全国的 40%。虽然其他国家也有公社企业，但没有任何国家让自愿的集体社区承担如此独立的自治权。

这里的棚栽和滴灌技术很普及、很发达，所以尽管地处异常干燥的沙漠，但整个基布兹满目苍绿，鲜花遍野，建造得宛若世外桃源。基布兹内部实行民主管理，全体成员共同参与。每周都要召开一次全体成员大会。基布兹的日常事务由全体大会选出的管理委员会负责。管理委员会下辖生产计划、文教、劳动、财务、卫生、体育、住房等若干专门委员会，遇到问题先由专门委员会进行初步表决，然后将讨论决定交成员代表大会最终表决。多年的实践，在基布兹形成了系统的辩论、投票和动议程序。在决定所谓原则性问题时，简单多数票还不够，必须有三分之二的票才行。

基布兹的成员都信奉宗教，许多人的思想相对比较激进，人们对许多问题容易上纲上线。于是，在基布兹原则问题往往很多，一辩论就是大半个晚上，第二天大家还要一大早上工。基布兹儿童从小就过着集体生活，不了解这里儿童集体住宿生活的外国人，常常对此感到困惑，认为这样缺乏母子亲情。但实际上并非如此。每天下午 4 点左右，基布兹的孩子们回到父母身边，与家人一起待到睡觉时间，然后由父母把他送回集体宿舍，在那儿给他唱童谣和催眠曲，并让孩子喝上一杯奶，然后在晚安声中吻别。幼儿园有专人负责看护孩子。基布兹这样做有两个优点：第一，不让孩子问题影响父母的日常劳动和娱乐活动，同时从小培养孩子们的集体主义观念；第二，由于每天孩子与父母只团聚几个小时，使这几个小时具有了更高的"质量"，各家视这几个小时的团聚为一种"活动"，都精心安排。期间，孩子往往表现得很乖，父母也总是极力满足孩子的要求，把全部身心都集中到孩子身上。

基布兹不养懒人，每个人都干得十分卖力和认真。他们的基本原则是：各尽所能，各取所需。像扎巴这样七十岁高龄的老人，还干得动，就仍然乐呵呵地干一些力所能及的农活。

我们一行中的著名中医朱邦贤教授热情地提出要为扎巴老人把脉，扎巴似乎对中医有所了解，欣然表示接受。少顷，朱教授说："您的血压有点高，身体的其他部分情况还不错。"老人承认这一诊断的正确，但他说干活对于保持身体健康很有好处，朱教授表示同意。趁他们交流的间隙，俞晓夫教授已经将老人的一幅素描画好，还请老人签上了自己的大名。

镜子

镜子，明晃晃、亮晶晶，我们经常要用到它。可是，亲爱的朋友，你可曾探究过这平凡的生活用品所具有的品质吗？如果你没有留心过，那么请允许我告诉你吧：它真挚、诚实，从不阿谀奉迎，从不弄虚作假；只要你愿意接近它，正视它，它就呈现给你看；你身上的美和丑，会通过镜子有所发现，从而去改变、去进取……然而，我对于镜子品质的真正了解，还是不久以前的事。

那天，我的好友裴勇给我看一面他珍藏多年的镜子——玻璃杯口那般大小，上面贴着几道橡皮膏，显然破碎过。他用深沉的语气，向我讲述了一段往事。

他刚进中学时，顽皮、捣蛋。一次，跟同学打架，他滚了一身泥巴，被班主任刘老师叫到办公室谈话。他等着挨一顿训斥，可是出乎意料，刘老师没有训他。刘老师耐心地分析了他的错误，然后语重心长地对他说："裴勇，我这儿有面小镜子送给你，回去后，好好把身子弄干净。新中国的青少年应该讲卫生，爱清洁。不过，裴勇啊，更重要的是，我们应该在思想上竖起一面镜子，经常检点自己的言行是否有利于祖国和人民。镜子这东西很好，它从不遮丑，很实事求是……"

裴勇记住了刘老师的话，他开始全神贯注地听课，把刘老师上课讲的和课外书本上看到的一些中外大思想家的至理名言，以及雷锋、王杰等英雄人物的豪言壮语记录下来，作为镜子，时常对照自己，要求自己。裴勇变了，成了班上的好学生。

但是，因时代与周遭环境的变化，他也做了一些不好的事。所以从1969年起，裴勇远离母校，到农村插队去了。但随时间的推移和现实生活的教育，他对自己抛弃了思想上的镜子后所干的蠢事、坏事感到深深的内疚和痛苦。他在家中的杂物堆里找到了刘老师送给他的那面小镜子，可惜已经破碎了。他用橡皮膏把它粘好，带在身边。他不时地用这面小镜子去照自己的缺点与不足，去发现自己为别人着想不够的地方。这面真挚、真实的镜子啊，促使他在自责中寻求改变，不断进取……

裴勇对往事的追溯，使我悲愤，使我激动，引起我久久的沉思。为了不让灾难再次降临，我们每一个人都应该在自己头脑里竖起一面镜子，时时审视自己。

我赞美镜子的诚实、真挚，我更赞美那些在思想上树立起镜子的人们……

鞠躬尽瘁，死而后已

——忆东视首任台长穆端正

先从一张照片说起。这是在 1994 年 3 月 18—22 日在上海举办的首届国际哑剧节期间，作为总导演，我邀请来了一直非常支持我的东视首任台长穆端正。上图为穆端正台长在延安东路福建路口的东方大酒店里（现在据说改为康铂大酒店），与中国喜剧大师陈佩斯晤谈。当时，穆端正才四十岁，风华正茂。照片是我用奥林帕斯照相机（彩色胶卷）拍摄的。他俩谈及中国哑剧和世界各国哑剧事业发展的情况，也谈及陈佩斯当时的艺术创作境况，气氛甚为融洽。想不到二十几年后的今天，穆端正竟已经去世，长他五岁的我，感觉甚是哀伤、惋惜。直到现在，我还珍藏着穆端正台长为我颁发的嘉奖令，原文是："上海东方电视台嘉奖令（1994 年第 3 号）：由我台与市文化局对外文化交流中心于 3 月 18 至 22 日联合主办的 94 上海国际哑剧节，以其规模大、观赏性强、于无声处见精神等特点获得了圆满成功。这场盛会开创了我国有史以来举办哑剧艺术节之先，同时也为促进中外高雅艺术交流以及塑造上海国际文化大都市形象做出了积极的贡献。哑剧节期间，我台承担了开幕式主要演出及国内演员接待等大量工作，并向本市及邻近省市数千万观众现场转播了来自八个国家的哑剧艺术家们精彩的表演，使广大观众领略到哑剧之神叩动心弦的艺术力量，感受到超越民族界限的情感交融。为了在有限的经费内组织这样一场盛会，节目部编导张文龙等同志付出了辛勤的努力，他们历时数月策划、奔波，殚精竭虑，艰苦备尝，他们以无声的行动为观众奉献了多台雅俗共赏的剧目，为中外哑剧艺本家创造了难得的交流切磋机会。为表彰这种创业敬业的精神，特给予节目部国际哑剧节节目组全体同志通令嘉奖。东方电视台台长穆端正，1994 年 4 月 21 日。"现在，斯人已去，然其音容笑貌却依然存留在我的脑海中，常常让我感动、感恩、感奋和唏嘘不已……

我是在 2017 年 1 月 26 日一早，从好友、同事郑可壮君那里获悉我尊敬的老领导、好友穆端正于昨日（2017 年 1 月 25 日，也就是"小年夜"的前一天）晚上去世的。穆端正的大殓安排在大年三十（2017 年 1 月 27 日），上午九点，在龙华殡仪馆银河厅举行。

除夕参加亲友的大殓，这在我六十八年的人生中，还是第一次碰到。我和可壮相约后，乘地铁提早赶到了龙华殡仪馆的银河厅。那里人头攒动，遇到了刘文国、屠耀麟、叶惠贤、曹可凡等同事，也有来自社会各界的朋友，比如市基干局的张金余先生。参加悼念的人大概有两千人，绝大多数人都是自发来的。

银河厅里并未播放哀乐，而是一遍遍播放由韦唯演唱的东方电视台台歌——《风从东方来》。歌声中，二十多年前，东方电视台创办前后的点点滴滴又涌上了我的心头……

端正君小我五岁，身高一米六十三左右，属于中等偏矮的身材，比较壮实。四四方方的脸，弧形的眉毛，显得比较和善。他毕业于上海中学。1983年我进台时，他还是一般的记者。他的父亲是华东理工大学的教授，从小家教很好，写得一手好字，为人正派。他结婚很晚，四十岁左右才与柳遐喜结连理，后来生了一个女儿。现在这个女儿已在香港中文大学毕业，已经工作。

1992年秋，受上级领导指派，他和刘文国、徐景杰一起创办东方电视台。我和可壮等有想法和抱负，却在上海电视台不甚如意，就跟了去。

到了东视，我们这几个人都十分争气，能量悉数释放，个个像劳模一样夜以继日地甩开膀子大干，搞出了好多诸如《快乐大转盘》《首届上海国际魔术节》《首届上海国际哑剧节》《东方直播室》《相约星期六》《老娘舅》《东方戏剧》等一大批在中国电视界创新，并具有巨大影响力的好节目，将上海电视台的影响力和收视率打压得抬不起头来……

穆端正那些年殚精竭虑，呕心沥血，把所有心思都用于工作。我一般上班比较早，偶尔也到台长室去看看，我看到穆台每天都来得比我更早，他一边抽烟，一边处理文件。他的特点就是，只要你出于公心、创办的节目对扩大东视的影响有益，他都会很快批预算给你去做。正因为他放手让编导们去干，许多节目都很出彩，很快就让东视在全国声名鹊起。

东视成立之初，所有工作人员加在一起，只有几十号人，向工商银行借了100万人民币，暂时"蜗居"在狭小的永安大厦里，演播室只有两三间，最大的也不过70平方米。总编室是个违章搭建的小阁楼，只有20多平方米，要爬竹梯攀登。原总编室主任比较胖，不小心踏空，有两次竟摔了下来……就是在这样艰苦的条件下，东视的节目还是搞得风生水起。好多节目都开了全国之先。东视开台当年，便创利三四个亿。到了第二年，已经创利六七个亿，在浦东批了一块地，盖起了气势非凡、设计独特的东视大厦，据说现在这幢楼及院子的价值已达几百个亿！

我清楚地记得，穆端正台长具有菩萨心肠，十分关心编导，每当大家没日没夜地在剪辑室、编辑间挑灯夜战时，他只要有空，往往会亲自来到大家的跟前，动员编创人员放下手里的活，到七重天宾馆的饭堂，请大家吃那里的名点——肴肉咸菜煨面。这使得编创人员十分感动，大家都在私下表示，"士为知己者死"，既然领导如此礼贤下士，一定要做出点像样的成绩来。当时，东视的整个工作氛围非常好，每天都有兄弟省市电视台的领导带队前来参观。他们都对东视人讲团结、奉献，锐意创新、敢为人先的风气赞不绝口。

当时，四十出头的我，也因为工作太卖力，即一两年内搞了诸如

"上海首届国际魔术节""上海首届国际哑剧节""首届黄浦旅游节"等在国内外产生了巨大影响力的大型活动后，终于导致我的胆结石绞痛病经常发作。记得 1994 年夏季的某一天，我在"人民大舞台"录制一台戏剧，因胆结石绞痛突然发作，可壮君为我叫来了救护车停在转播车旁边，而我一边按住腹部，忍住剧痛，一边坚持录完了那部戏，然后才离开导播岗位，被送到医院抢救……

此后，为了不至于影响工作，我于秋季果断地在瑞金医院做了胆囊切除手术。手术是由业界顶尖专家郑明华教授采用微创技术亲自操刀做的。手术 3 天后我便出院，返台工作。这让东视的同事们颇感意外。同样，台里的其他编导和工作人员也是兢兢业业，屡创佳绩。而我在电视界获得的绝大多数奖，如"星光奖""金鹰奖""兰花杯奖""全国最佳电视导演奖"等四五十个奖，都是在东视工作期间获得的。而每一次获奖，都会得到穆端正台长的嘉奖或鼓励。这些，对我的业务能力提高和再创佳绩都是源源不断的动力。所谓"士为知己者死"就成了我藏在心底的誓言。我也因为成绩卓著，被市委宣传部领导在新世纪初主导的体制改革中评为 SMG 首席导演。

后来，穆端正也因为东视领导工作十分出色，被提拔为上海广电局的副局长、局长。几年之后，又服从组织安排，先是到东方网担任主任，后来又被安排到上海图书馆做党委书记。我们这些老东视人几乎每年都要聚一下，大家共叙友情，共议当年东视创办时的旧事。其夫人柳遢也是我们的同事，虽然比我们年轻近二十多岁，但其教养和气质令人赞叹，每次遇到我们，必以"老师"相称，端茶倒水，嘘寒问暖……

2014年9月，视觉艺术学院领导层变动。原市政协副主席王荣华任校长，不久，刚刚退休的穆端正被召去任常务副校长和党委书记。

2016年9月的某天中午，穆端正夫妇在静安寺常德路上的南伶大酒店设宴，专门宴请了文国、可壮、耀麟以及笔者四对夫妇。席间，我们又情不自禁地回忆起东视成立之初的许多往事，大家都感慨了一番。当时，穆端正看上去身体还不错，就是有点咳嗽。不料，这是我们与穆端正君的最后一次见面……

几个月后，穆端正竟因肺的严重纤维化去世！听说为了让穆端正能够活下去，其友人在家属的同意下，将穆端正从瑞金医院重症室转到华山医院，后又转到无锡第一人民医院实施换肺手术，但手术没有成功……

前文已述，2017年1月27日，穆端正遗体火化。市里来了好多领导。几千名旧友、电视观众不请自来吊唁。悲痛欲绝的穆端正夫人柳遐谢绝了所有人的唁金，令人感佩……

2018年1月26日，好友郑可壮突然来电，说是刘文国来电让他代为通知：1月28日（星期日）上午九点整，将在青浦的福寿园举行穆端正骨灰盒的入土仪式。问我是否愿意去，我当即表示，即便有天大的事，也要挪开，一定要参加穆端正的这个仪式，送他最后一程。

1月27日晚，我睡得比较早。28日凌晨三点我就醒了，然后闭着眼，回想与穆端正交往的一个个镜头。捱到六点就赶紧起床，为一家人做好早餐，查好导航路线，然后为老丈人浸好三贴止血的中药，匆匆吃了点粥和馒头，就驱车前往。

车开了近一个小时，途经延安路高架、G50高速公路，听从导航下了高架，经外青松公路，很快来到枫泾村路路口，前面就是福寿园公墓。由于是星期天，路上并不堵，但前两天下过大雪，气温很低，青浦还在零度以下，当地的雪还未化掉，到处可见树上挂着、路边铺着的厚厚的白雪。淅淅沥沥的小雨还在下，必须打伞。

福寿园公墓显然已被打造成上海最高档的墓地。只见进入枫泾村路的路口矗立着一幢相当高大的钢筋水泥浇筑的牌楼，上书"福寿园"三个镀金大字。在随后的四五百米的公路两旁，隔十米左右就恭立着一尊尊石人、石马、石兽，有点像南京的明孝陵前的甬道，但石翁仲的体量只有明孝陵的四分之一大小。石像后面，整齐地种着许多松树和杉树，显得郁郁苍苍。停好车，举着伞，进了福寿园的大门，很快问清了去穆端正墓地的位子。已经来了几十个人，除了少数几个，大多不认识。后来才知道，他们分别来自上海图书馆、视觉艺术学院和文广局。我跟着他们，坐上了去墓地的电瓶车。有四辆车专门用来运送去穆端正墓地的客人。

墓地其实离大门只有300米左右。一路可以看到陈丕显、魏文伯、曹荻秋、张骏祥、周小燕等上海老领导、社会名人的夫妻墓碑。墓碑前

我记忆中的东昌电影院

　　之前，我曾在纪实频道看到过我的同事拍摄的纪录片《东昌电影院》的几个片段，感触良多。最近我在整理几十年前拍摄的几千张老照片时，发现有一张东昌电影院的照片。当时，东昌电影院正在放映朝鲜电影《卖花姑娘》，另外还在放映一部电影《革命样板戏——京剧〈龙江颂〉》。查阅了资料，我推算了一下，这张我自己冲洗的、画质不太好的老照片应该拍摄于 1972 年 11 月中下旬的某天傍晚。

　　据记载，朝鲜电影《卖花姑娘》1972 年 9 月在中国公映的时候，全天 24 小时循环放映，歇人不歇片，跑片员车轮飞转，拷贝一本一本传递，获得了无数中国观众的赞许，也感动了无数中国观众，一时间《卖花姑娘》一票难求。这部电影，我在东昌电影院一连看了两遍，清楚记得，伴随着电影主题歌《卖花了》那优美的旋律，我和所有的观众都被卖花女羸弱的身体和凄惨的命运所打动，大家的眼泪像湖水决堤那样湍湍流淌，可以非常清晰地听到场子里此起彼伏的哭泣声。

我曾在盛夏期间多次去东昌电影院观看样板戏电影，记得票价非常便宜，仅仅5分钱。那时，二十出头的我已辍学6年，正处在人生逆境中，因家里有照相机和暗房，而我又酷爱摄影，所以经常揣着相机出去拍拍照片，那天就在东昌电影院门口随便拍了张全景。想不到今天观之，人世已沧桑巨变，这张照片变得很耐人寻味，颇有价值。

首先我们看到东昌电影院屋顶上矗立着的醒目的标语牌，镜头前的年轻人都穿着蓝灰色或黑色的中山装在候场、聊天。电影院门口密密麻麻地停放着自行车，可见观众之多。确实，朝鲜电影《卖花姑娘》那段时间在中国引起了轰动，每天从大清早一直放映到深夜。

东昌电影院，拥有座位一千一百多个，论规模，在浦东可以排第一。它位于浦东崂山西路150号（现为上海市浦东新区南泉北路150号），于1954年8月建成，同月25日开幕。我们家原先居住在离东昌电影院仅一站路（大约1000多米）远的其昌栈大街上。走到东昌电影院，大约需要一刻钟左右的时间。售票处设在电影院的东大厅，电影票面积很小，只有四五个平方厘米那么大。电影院也有小卖部，但那时还没有爆米花，只卖棒冰、雪糕和各种瓶装饮料。每部电影都有说明书，一两分钱一张。我的父母和两位兄长经常带我去那儿看电影。20 年间，我相对完整地接受了中国电影的启蒙教育，在那里欣赏了《永不消逝的电波》《狼牙山五壮士》《林家铺子》《无名岛》《青春之歌》《地道战》《大浪淘沙》等在内的近两百部电影，其中个别的电影，也有可能是在对面的浦东工人俱乐部剧场，或不远处的上海船厂剧场里观看的。这些电影给了我丰富的艺术营养。对于几十年后我所从事的电视和电影事业帮助极大。

我看过的译制片虽然少，但也算是领略了世界。印象最深的是苏联电影《渴》《保尔·柯察金》《海底擒谍》、战争巨片《攻克柏林》《斯大林格勒战役》《丹娘》、喜剧片《运虎记》、意大利新现实主义电影《偷自行车的人》《警察与小偷》《罗马 11 时》和印度影片《流浪者》等。当然，那时译制片本来就很少，个中原因，自然是与当时复杂的国际环境和我国意识形态的管理有关。后来在东昌电影院，我还是观赏过几部非军事题材影片（包括言情片、灾难片、政治片）。比较著名的如 1970 年的《红菱艳》、1972 年的《简·爱》《冷酷的心》和 1976 年的《冰海沉船》。上海译制片厂的这些译制片，堪称中国译制片的经典之作，看后印象深刻，社会上口碑甚佳。它们让我如痴如醉，沉浸在世界最优美的电影艺术的海洋之中。一时间，邱岳峰、李梓、苏秀、赵慎之、毕克、童自荣、刘广宁、乔榛、丁建华、曹雷、尚华、富润生、杨成纯、丁鼎等新老配音演员成为我内心非常崇拜的偶像。几十年后，我在电视台当导演，至少与他们中三分之一有过愉快的合作或工作联系。

平时，我只要一有空，就往东昌电影院走。尤其是 1962 年 6 月 22 日，22 个电影明星的照片一夜之间挂满了东昌电影院，我们这些影迷欣喜、激动不已。东昌电影院更成了我心目中的精神圣殿。

随着东昌电影院生意的兴旺，这里成了浦东最时髦的地方，有点类似于人民广场和中百一店的门口，常常人山人海。周边的环境也在逐步改善。特别值得一提的是崂山商店，这是当时浦东最大，也是浦东唯一一家拥有上下两层的百货商场。里面的商品琳琅满目，品种比较齐全。四周还开设了供应各种小吃的饭店和点心店，里面人头攒动。附近还开了一家新华书店，虽然规模比较小，书的种类也比较少，但多少增加了那里的文化氛围，我曾多次在里面买过各类书籍。

东昌电影院坐南朝北，傲视着北边的浦东工人俱乐部（在浦东大道 143 号，后来改名叫"浦东文化馆"，现在又叫"浦东新舞台"），尽管上海戏剧名家几乎都来演过，但电影的风头总体上还是盖过戏曲。东昌电影院和浦东文化宫之间，有一块四千平方米左右的花圃，除了种花草，就是种了些雪松之类。

1990 年 4 月 18 日，李鹏总理就是在这里宣布，中共中央、国务院同意上海市加快浦东地区的开发，在浦东实行经济技术开发区和某些经济特区的政策。那天上午，我提前带了一支摄制组，记录下了李鹏和朱镕基（时任上海市市长）亲自剪彩、挂牌的镜头。这项仪式是安排在东昌电影院和浦东文化馆之间的浦东大道上进行的，主持人是夏克强副市长，仪式非常短暂。后来，这些镜头都被我放入上海电视台播放的《大舞台》一档讴歌浦东开发的节目中。其中，我除了邀请来马莉莉、赵志刚等大牌明星外，还邀请了两个戴着红领巾的小朋友——舒悦和黄丽娅参演，他们现在都成了沪上的著名演员。

东昌电影院周边还有好几个规模巨大的工人新村，都是20世纪50年代期间按照苏联住房模式建造的。在它西南300米处，是比较有名的东昌中学，校园开阔，拥有标准的足球场。

东昌电影院西边大约400米处，是当时浦东最大的医院——浦东中心医院（现改名为"同济大学附属东方医院"）。东边还有浦东一所最好的小学——昌邑小学。著名的小学作文教师贾志敏曾在该校任教数年，还曾在该校担任过领导。我儿子就是在这所小学念的书，后来考取了市重点中学。

东昌电影院东边400至500米的地方，还有一个奶牛场，里面饲养着两三百头温顺的乳牛。

四周众多的，还是各个国有企业和密集的居民区，为东昌电影院提供了基本的观众群体。

问题是，观众的审美趣味和方式是会随着时代而改变的。但是，东昌电影院似乎对此毫无感觉，以至于一次又一次错失了改变提升的机会。

浦东作为全国改革开放的排头兵，几十年里沧桑巨变。而东昌电影院正好位于小陆家嘴边上，它的西边，摩天大楼如雨后春笋拔地而起，四周也是大楼林立。外观上，东昌电影院一下子变成一个矮小佝偻的老妪，显得十分丑陋、寒酸。更要命的是，随着社会政治经济的转型，电视的普及，各种传播方式的多样化，西有正大广场、南有八佰伴两大现代豪华影城的夹击，人家的观影室都是以几十人的体量为主，放映设备与国际一流比肩。而且，高档、现代且亲民的配套服务应有尽有。东昌电影院开始难以招架，一千多人的影院里，有好多次只有两三人买票，营业状况几近崩盘。尽管也做过改变，办过录像观摩厅、咖啡厅，但都属于小打小闹，最终无济于事。据说现在已经转行了。

住在武康大楼的他

——忆上海儿艺演员姜自强

　　最近，经常可以在报纸、电视等媒体上看到对上海淮海路上的历史建筑——武康大楼的各种介绍、赞美的文章。我的好友，上海儿童艺术剧院著名演员姜自强老师也住在这幢楼里，虽然他已走了几年，但我还是经常回忆起他……

　　我最初熟悉自强兄，还是通过 20 世纪 50 年代末的电影《地下少先队》。姜自强在这部引起轰动的影片中，扮演男二号——吕小可。他的稚气和充满激情的表演，给我留下了深刻的印象。应该承认，这部电影对我们那个时代青少年的成长，曾经产生过相当大的影响。但是，我从没有奢望过，会在以后的生活、工作中与他交往。

　　我真正见到自强兄，是在 1977 年的大年初二。当时内兄陈国权在位于浦东陈家门的家里举办婚宴（当时社会状况下，老百姓的婚礼和婚宴大多在家里举办）。尽管陈家门靠近黄浦江，紧挨陆家嘴，但四周还是有不少的农田。陈国权曾在上海市篮球队服役，与上海滩各界的名流来往较密。那天，上海儿艺的著名演员姜自强与篮球名将张大维、歌唱家杨晓珍等一批社会名流也前来庆贺。那时的婚礼是在内兄家的天井里举办的（不像现在都是安排在大酒店里），那里可以摆放六个圆台面。能坐70多个来宾。四周的厢房里也放了六七个圆台面。菜式都是地道的上海浦东菜：八个冷盘、八道热炒，然后是八个大菜，最后是一个什锦砂锅。食材都是靠亲友赠送的各种票证（如肉票、粮票、油票）购买的，还算是琳琅满目。姜自强和那帮名流自然坐在天井里聊天，自然，他们那一桌是所有来宾最关注的地方。陈国权将我这个毛脚妹夫——当时还仅仅是街道业余中学负责人的年轻人介绍给了姜自强，姜自强与我热情地握手。我注意到，姜自强个子不高，大约一米六，却长得很洋气：油亮的头发有点卷，估计烫过；双眼皮，大大的眼睛凹陷着，显得很有神；鼻梁高高的，有点像欧洲人；穿着一件深蓝的欧式呢子大衣，很时尚。姜自强在他们那桌谈笑风生，不时爆出阵阵掌声和笑声。人们无非是向他打探一些文艺界、电影界的趣事，具体是哪些话题，我已经记不清了。总的印象是，自强兄的回答既幽默又厚道。

而在以后的20年里，我再也没有见到过他。但在内心深处，我还是比较关注姜自强老师的点点滴滴。比如我大学毕业那一年，1982年，我从报纸上获悉，姜自强同刘安古、康安生一起导演了六场儿童剧《宋庆龄和孩子们》。这部戏首次在儿童戏剧台上成功塑造了宋庆龄的艺术形象。10月赴江西省南昌市参加了那年的全国儿童剧观摩演出，获优秀创作奖、优秀演出奖。11月赴北京参加全国儿童剧优秀剧目汇报演出，陈丕显、康克清、荣高棠、朱穆之、王光美、陈国栋、胡立教、汪道涵等先后观看了演出。

1983年秋，我考入上海电视台，有幸认识了《地下少先队》这部电影的编剧奚里德老师，当时他是我们台的副台长，戴着一副眼镜，人长得高大而又敦厚，书生气十足。谈及《地下少先队》和姜自强，他们对他都有相当高的评价。

考进上海电视台后，我被安排在文艺部的名牌栏目"大世界""大舞台"担任编导和制片人。30多年来，尽管录制了几千部各种各样的戏剧，却很少有机会去录制儿童剧，因此也没有机会在剧场里再遇到姜自强老师。但从认识的儿艺的演员口中得知，姜自强在《地下少先队》之前还拍过电影。上海儿艺在1954年8月28日，以"祖国的园地"为剧名首演于上海的曙光剧场，同年9月在长江剧场参加华东行政委员会文化部主办的华东区话剧观摩演出，获创作演出奖。公演期间，宋庆龄、谭震林和印度共和国总理尼赫鲁及其女儿英迪拉·甘地夫人先后观看。1955年，由任德耀改编、上海电影制片厂摄制成电影，更名《青春的园地》在全国放映，该团演员在影片中担任主角和其他重要角色。1956年

3月，剧本经过重要修改，在北京天桥剧场参加国家文化部主办的第一届全国话剧观摩演出，更名《友情》，获演出一等奖。任德耀获编剧、导演二等奖，刘安古、姜自强、沈娴秋获演员三等奖，并获舞台管理二等奖和舞台革新三等奖。姜自强在剧中扮演杜强一角。在《地下少先队》后，姜自强还参加过上海电影制片厂的另一部引起轰动和好评如潮的电影《小足球队》的拍摄。姜自强在这部电影中扮演初中学生足球队队员吴金宝（想不到，与这个名字同名者，几十年后，竟成了叱咤中国足坛的风云人物）。开始，这是一部儿童剧，1964年1月参加华东区话剧观摩演出，3月赴北京汇报演出，并参加国家文化部主办的1963年以来优秀话剧评奖大会，获剧本奖和演出奖。4月1日，宋庆龄致函任德耀暨全院演职员表示祝贺。周恩来、宋庆龄、贺龙、谭震林、李先念、邓子恢、邓颖超等先后观看了演出。时任国务院总理周恩来观剧后对演职员说："这个戏选择了一个重要的主题，解决得也很好。"中央电视台、上海电视台进行了转播。1965年由任德耀与石方禹、林朴晔合作改编，上海海燕电影制片厂摄制成电影，在全国放映。

除此之外，姜自强还和任德耀、刘子枫一起执导过多场次童话剧《好伙伴之歌》。这部戏也取得相当好的业绩，1981年6月6日，首演于上海市宝山县委礼堂。1981年12月，参加首届上海戏剧节演出，获演出奖，演员章安娜获表演奖。同月，应国家文化部等单位邀请，赴北京汇报演出，康克清、陈慕华等中央领导人都来观看演出。1982年8月，赴吉林省长春市参加全国儿童剧观摩演出（北方片），获创作奖、优秀演出奖。1991 年 8 月重排，做了新的处理。自首演至 1995 年 11 月，共演出 694 场，观众达 72 万多人次。此剧演出后，全国各地儿童剧院（团、队）以及话剧院团约有 30 家排演此剧，仅四川乐山市文工团就演出了 500 场以上，足见这部戏的强大魅力。

姜自强一直在钻研业务，很有进取心。据他的同事夏克强回忆：老演员姜自强有时会将自己脸化妆成斯大林模样，有时候化妆成列宁，然后再加上表演动作和台词，还真像！

我与姜自强老师的重逢，还是在 1997 年的年底。当时，我在东方电视台工作，连续 4 年担任了《长江九省二市春节晚会》(二市，指的是上海和刚刚成为直辖市的重庆市) 的总导演。由于这台晚会中，将会穿插几个小品，于是我请来姜自强帮忙，让他担任导演组成员和我的艺术顾问。我从内兄那儿拿到了姜自强家的电话和住址，便赶到武康大楼登门拜访。在他家里，我还见到了他的女儿姜玉玲和女婿曹毅。闲聊中得知姜自强将女儿培养得十分出色，姜玉玲已是上海电影译制厂的主要配音演员，曾经参加过数十部优秀外国影片的译制工作，并为其中主要演员配音，如意大利的《美丽人生》、日本的《十个约定》、美国的《亡命天涯》《失落的世界》《诺丁山》等。有些影片后来荣获了中国电影华表奖、外国电影优秀译制片奖和中国电影金鸡奖最佳译制片奖。而其女婿曹毅也是国家二级演员，现为上海话剧艺术中心演员，参加过多部话剧和影视剧的演出。这真是一个艺术之家。

当时东视成立才几年，职工人数在 100 人左右。我们大量使用社会上方方面面有本事的专家。为了提高节目质量，我向已经退休的姜自强发出了邀请，让他参与《长江九省二市春节晚会》的拍摄工作，因为这档节目是由东视发起并主办的，上海、重庆会同长江沿岸九个省的省会城市台共同参与，是一档创新合作模式的节目，既要借助这个平台，反映各省最新的建设风貌和最有价值的历史人文特点，又要将严格遴选的各台选送的文艺节目有机地串联在一起，操作起来难度比较大。姜自强在了解情况后欣然答应。他还说他是四川重庆人（当时重庆还未成为直辖市），剧组正好路过那里，他也好顺便抽空回老家看看。

这次外出拍摄，要花一个多月的时间，从青藏高原的长江源头，沿着长江，一个省一个省拍摄过来，一直拍到长江口。路线跨度达六七千公里。因为要赶在春节播出，时间非常紧迫。姜自强跟随我们一起经历了全过程。一路上，我们还要根据采访时遇到的各种新情况，不断修改串联方式和串联词。姜自强经常给我出一些有价值的点子。

四川成都拍摄完，我们又赶去重庆。路途相当漫长。热情的自强兄为了让大家忘却旅途的疲劳，活跃气氛，他一有空，就鼓动大家玩益智类游戏——《十八猜》，就是先让某个人想好一个古今中外的人的姓名（必须是大家都知道的人名），然后将此人名告诉游戏的主持人姜自强，然后由自告奋勇的玩家用 18 个猜测来揭示出谜底。这个游戏的难度相当高，整个过程需要大量使用逻辑学的各种原理。大家玩得很开心，忘记了旅途的疲劳和乏味。

姜自强还留给我一个好印象，他每天起得最早，主动帮助我去宾馆的各个房间叫醒摄制组的所有成员，还经常帮我检查剧组有没有落下什么器材……其做事做人的善良和严谨可见一斑！

拍摄组到了武汉，要去拍摄举世瞩目、建设中的长江三峡水利枢纽工程和刚刚被整体打捞出水、沉睡江底60年的中山舰。作为媒体人，我们非常清楚地知道这两个事情的新闻价值。所以即便时值隆冬，当时湖北的气温在零下四五度，长江畔常有较浓的晨雾。我们顾不上这些，坚持去宜昌拍摄。武汉电视台制片人朱静是个热心人，她帮我们调来了台里三辆崭新的雪铁龙轿车，带着我们从高速公路开往300公里以外的宜昌市。那天上午，我们七点整准时出发。驶上高速公路后发现路面结着薄薄的冰，离武汉市越远，雾气越大，能见度大概在100米左右。因为赶时间，我们的时速控制在上限，即120公里。车是武汉台的一位姓李的司机开的。作为总导演，我深感责任重大。为了让早起的摄像师陶巍养足精神，我让他和主持人夏霖坐在后排座位上。我抱着他的摄像机头，坐在副驾驶的位子上。姜自强老师和剧组的其他成员坐在另一辆雪铁龙上。

在半路上，雾气并未消散，我突然发现有一辆土方车横亘在离我们100多米的前方，正在卸黄沙，而这条高速公路只有三条车道，违章车占据了两条车道。我大喝一声:"危险!"

由于路滑,司机不敢刹车,于是我们的雪铁龙直挺挺地撞在了土方车的油箱上!

为了保护好价值十多万的进口摄像机,我下意识地低下头,将摄像机紧抱胸前。我只擦破了一点点头皮,摄像机安然无恙,更幸运的是老艺术家姜自强不在这辆车上!

车头撞瘪了,一副惨状。身穿大红羽绒服的夏霖夺门而出,立即拦住了试图逃逸的土方车。摄像师陶巍则从我手里夺过摄像机,快速抢占有利机位,开始记录事故现场的情景。

我用餐巾纸抹掉了额前的鲜血,立即着手处理这一事故。

一个多小时之后,我们坐着另一辆好心人开的面包车赶到前面的收费站时,只见朱静导演哭红了双眼,姜自强老师也是热泪盈眶,他与我紧紧拥抱,说:"文龙,你的命真大哎!"朱静哽咽地说:"迟迟不见你们的车,开过来的车都在说,刚才路过,看到武汉台的雪铁龙出了车祸!我们想,高速公路要么不出事故,出的一定是大事故!于是,我哭到现在,以为你们性命难保呢!"

我颇为感动,握住姜自强的手说:"老天从来就是眷顾好人的!谢谢,让你们担惊受怕了!"

自强兄叮咛我说:"以后的拍摄,大家一定得更加注意安全!"

这件事,尽管过去了 20 年,但还是历历在目。

　　不久前，听说姜自强老师几年前生病走了，我不太相信这条消息，结果打电话给好友刘子枫老师得到证实。刘子枫是 1963 年从上海戏剧学院毕业分配进上海儿艺的。当他提着行李刚要跨过华山路去儿艺时，一个小个子笑呵呵地奔过来接他，帮他提行李，这个人不是别人，正是姜自强。他永远那么热情好客。后来，他们一起出演儿童剧，一起拍电影，一起合作导演话剧……硕果累累。刘子枫评价说："姜自强为人厚道，特别爱动脑子！"

　　我一直想写篇文章纪念姜自强老师，最近，正好在整理旧照片，找到了几张他在其中的照片，于是，写下了上述纪念他的文字。愿他在天之灵能够看到，上海电视台的老朋友张文龙还在惦记他，为他祈福……

1996 年年底拍摄于武汉，中间穿蓝色呢大衣者就是姜自强老师

我为姜自强老师拍摄的他在四川都江堰钢索桥上的留影

看监视器的即姜自强老师，夏霖采访武汉市副市长（女）之前，说戏的是笔者

两个小济公及其父母

这次"上海杯娱乐大赛"九场电视角逐中，还有一桩趣闻，那就是曾经先后出现过两个小济公，其中一个还是个小姑娘。两个小家伙今年都是七岁。在四架摄像机面前，他们都能毫无拘束地"进入角色"。他们都头戴黑僧帽，身披破袈裟，拿着破扇子，跶着破鞋子。那副疯疯癫癫、踉踉跄跄的神态，将在场的评委和观众逗得乐不可支，不时报以热烈的掌声。

女济公叫邹慧。两相比较，她的脸部表情似乎更丰富一些。她的父母在她的身后伴唱伴舞。父亲叫邹云康，在市内电话局修造厂当技工。母亲叫单韵文，是光辉电器厂的财会。这对夫妻平时一有空就围绕着小孩子唱歌、跳舞。他们为小邹慧买了一架手风琴，现在小邹慧已经练得不错了。这次参加电视大赛，是邹云康的岳父替他们报的名。老人想，既然女婿一家前不久在市邮电局的家庭演唱比赛中得了二等奖，那么也应该到市里去比试比试。小两口虽感激老人的一番苦心，但也为想不出力克群雄的参赛节目而犯愁。小邹慧说："就唱济公吧，我很喜欢济公'哪有不平哪有我'这句话。"孩子说话的神态像大人，这使她的父母甚感惊讶。小家伙还提出，由她来扮济公。单韵文就说："那我们俩就给她伴舞伴唱吧。"邹云康听了，可有些犯难，他一个大男人，又连续十一年被评为局先进工作者，在电视里表演"南无阿弥陀佛"的动作合适吗？厂总支负责人知道后，就来做思想工作，打消了他的顾虑。他们说："这个歌我们也经常唱，只要你不迷信就行了。"他们还热情地说，"电视大赛播放那天，一定组织全厂职工收看。"邹云康的岳父母也忙坏了，岳父为了买到做济公帽的黑卡纸，跑了许多家文具店，最后还是在一家照相馆里要到的；岳母为了做济公服，将自己的旧衣服撕撕改改。

另一个扮济公的小男孩叫钟炜。他似乎更擅长形体动作，他一会儿掏耳屎、一会儿搓脚趾……动作轻松而流畅，滑稽又可爱。在他身旁伴唱的是他的父母钟永岁和周慧芳。他俩曾经在江西余江县插队十年，荒废了学业，吃了不少苦。小钟炜出世后，他们便把希望全寄托在小孩身上。尽管他们经济上并不宽裕，但还是狠狠心，带着小孩去游览了黄山、九华山、普陀山和绍兴等地，以便让他开眼界，长知识。他们还买来录音机和电视机，让小钟炜听音乐、听故事，模仿演员的表演。当然他们也很注意，不把孩子当成小皇帝供养，所以，一有机会，就教小孩叠被、洗衣物等，干些家务。他们想尽快让孩子学会料理自己。

在两个小"济公"身上，我们看到了他们父母的苦心和明智。

农村三伉俪

在往年上海电视台举办的家庭演唱大奖赛上，还没有农村选手报名参加。这次情况就大不相同了，兴致勃勃地从郊县赶到市区报名参加"上海杯娱乐大赛"的竟然还不少呢。这里，我们介绍三对来自农村的伉俪。

陆永明、周恩光夫妇来自南汇县宣桥乡。原先他们是在文艺小分队里相爱上的。可是结了婚以后，有了孩子，就难得在一起唱唱跳跳。这几年，他们赶上好世道，造了三层新楼房，又是村里第一个拥有电视机的人家。而今，听说县里举办家庭演唱比赛，他们就去报了名。一家三口一有空就排练，结果得了个二等奖。这下，夫妻俩信心更足了，也更恩爱了。在妻子的支持下，小陆又添了好几件乐器，还常常邀请一批农民乐师来家里演奏。这次，他俩接到电视台复赛邀请书，高兴得不得了。一连好几个夜晚起劲地排练。他俩的参赛节目是歌舞《拥军花鼓》，这个节目充满了陕北民歌的欢乐气氛。

另一对农民伉俪是韩忠明和杜晓英，小韩是奉贤县太白乡广播站的播音员，小杜在乡制盒厂工作。几年前，他俩在乡文艺团体相识。小韩在那里搞节目创作，小杜是新招来的临时工。小韩发现小杜心灵手巧，富有"音乐细胞"，就决心培养她。他慷慨解囊，几经周折，在上海音乐学院为她找了一个老师，辅导她弹三弦。后来，又请来老师教她大阮和电吉他。为此，两年中，小韩花去了几千元。小杜被他的举动深深感动，她学得很认真，进步也很快。与此同时，小韩通过刻苦学习，文艺上也有了长足的进步，被乡广播站物色去了。他们是去年结的婚。这次，他俩排演的富有地方色彩的浦东说书《张冠李戴》，初赛完后顺利地进入了复赛。

在这次娱乐大赛中，有一个叫作《新家乐》的节目很新颖别致，男士又吹笛子又弹电子琴，女士是一会儿跳舞，一会儿演奏电子琴。这个节目反映了本市农场的青年夫妻在分配到新工房后的喜悦心情。表演者是包献国、于金芳夫妇。与前面提到的两对伉俪很相似，小包和小于也是在参加业余文艺团体的过程中相爱的。小包是农场局文工团乐队成员，小于是该团的舞蹈演员。文工团后来解散了，他们回到了农场。这时，他们的爱情经受了一次考验。当时小包在市区工作的母亲快要退休了，她帮儿子办好了顶替手续，而小于已无返城的可能。小包看到农场职工纷纷进了场办工厂，各种生活设施飞速建造起来，农场各方面情况一天比一天好；又出于对小于坚贞不渝的爱，不顾亲友的劝阻，毅然放弃顶替，安心在农场工作。后来，他俩分别被分配进场办工厂和场办中学工作。他俩结婚后，又分到了 35 平方米的住房。他俩在新居中经常唱歌跳舞、演奏乐器。参赛节目《新家乐》称得上是他们美满生活的缩影。

新劳模和她的男友

　　这次"上海杯"娱乐大赛，有位市劳模带着自己的男朋友来参加了。她叫强音，名字似乎很有"潜台词"。她是金山石化总厂的工人，才25岁。了解她的，说她既是一个生产标兵，又是一个能歌善舞、喜欢穿着打扮的当代青年。可不，他俩参赛的节目是歌舞《带来的温柔》，她的男朋友手执话筒，十分潇洒地唱着流行歌曲；她穿着一件款式很时髦的橘红色的连衣裙，戴着一根金项链，情意绵绵地围绕着男友翩翩起舞。

　　说来也好笑，报送她当市劳模时，就曾经有人以她"喜欢打扮"为由主张换人，但总厂的领导认为，不能再以20世纪五六十年代的劳模的标准来要求80年代的青年劳模了。现在的青年劳模，应是具有强烈的改革意识，洋溢着时代气息，应当是一个全面发展的人。强音也确实是这样的好青年。有一次，石化总厂举办了一个有相当规模的群英会，别的劳模都是穿着工作服或常规服装坐在主席台上，唯独她穿着一套鲜红的西装在台上发言。在此之前，她也生怕被人指责，但她心想群英会是大喜日子，服装应该穿得好看些，她的男友也在一旁极力"怂恿"她这样做。

强音不仅是生产上的行家里手，同时也是做团工作的内行。她平时很留心当代青年的爱好和追求。她是车间团总支副书记，几年来，她花了大量的业余时间，多次组织青年联谊活动、智力竞赛等活动。通过这些活动和日常生产劳动，她与车间团员青年打成了一片。她做政治思想工作的窍门是：理解对方，尊重对方，鼓励对方。有段时间，有个青年女工老是无故旷工，与一些男青年在舞厅、饭馆瞎混。强音多次去找她谈心，但都未找到。强音虽自己家在奉贤，但还是专程去路途甚远的虹口区家访。在那个女青年家里，强音仍然没有找到对方，于是她就继续寻找，终于找到了那个姑娘。那个姑娘开始很紧张，以为要受训斥，但强音跟她谈的都是跳舞和时装的事，渐渐地，谈话融洽起来。最后，强音送给那姑娘一张舞会的票，并答应以后再送舞票给她，条件仅仅是要她能准时上下班。那姑娘欣然接受。经过一段时间的帮助，后来那姑娘果然改正了。

强音的男朋友叫沈钦硕，也是石化总厂的。他俩是在搞团的活动时认识并且相爱的。小沈毕业于上海交大，曾是机修厂的团委副书记，他是个事业心很强的青年。他也爱好文艺，除了和强音常在一起唱歌、跳舞，还常常给强音的工作出主意。他们真是情投意合的一对。有时，因为工作忙，不能经常在一起，双方也毫无怨言。作为他们"甜蜜的事业"的一部分，强音在小沈的大力支持下，报名参加了这次电视大赛。

公开的情书

　　这次"上海杯娱乐大赛"上，情侣组的王萍朗诵了一首诗——《献给桦的根》。在一旁弹吉他伴奏的是她的男友陈桦。当主持人问起这首诗的来历，姑娘微笑的脸上泛起了红霞，她坦诚而又幸福地说，这首诗是自己写给陈桦的一封情书。在场的评委和观众对他们的勇敢和真诚报以热烈的掌声。

　　这首诗的副标题是"为我的失约而作"。它包藏一个纯洁、真挚，而且十分动人的爱情故事。

　　陈桦和王萍都在本市一家生产压力表的工厂工作。小陈戴副眼镜，文绉绉的，今年22岁，中专毕业，去年分配进厂，在科室里搞调试工作。小王长得清秀、苗条，今年24岁，已经干了几年车工。他们都酷爱文学、音乐。小王的歌唱得不错，小陈则擅长演奏，除了吉他，黑管、爵士鼓、电贝斯也都拿得起。他俩是在厂庆联欢会上偶然认识的，当时小王唱歌缺少伴奏，熟悉陈桦的人就叫他上台帮忙，于是彼此产生了好感。不久，流言蜚语首先向王萍袭来，"爱一个比自己年龄小的小伙子""女工与中专生恋爱"等似乎成了小王品质上的毛病，有人甚至预言这场爱情必然失败。时处隆冬，小王的心境也凄冷到了极点。这时，陈桦还蒙在鼓中，他热情地邀请王萍去参加朋友举办的一个家庭音乐会。王萍勉强答应了，但最终却没有赴约。小王失约是因为爱陈桦爱得那样深，极其需要陈桦帮助她去抗击世俗的偏见，但他会响应吗？犹豫再三，这位生产压力表的姑娘写下了那首深情、含蓄的情诗。这首诗犹如一台爱情的压力表，要测试一下陈桦在这方面的承受力。陈桦因为王萍的失约，纳闷了整整一天。第二天下班时，他在厂门口收到了王萍递给他的这首诗。王萍头也不回地去区业余大学读书，陈桦留在那里将那首诗读了一遍又一遍，他被姑娘那真挚而又炽烈的爱深深打动。他赶到夜校门口，等啊等，终于在放学时见到了她，而她也为自己没有看错意中人激动得热泪盈眶。这一晚的交谈，决定了他们的一生。他俩回家时，乘的都是末班车。

从此，王萍变得很坚强、勇敢，不再为流言蜚语所苦恼。陈桦与她的交往也更密切。他常常为她写的诗谱曲。他们的爱情也得到了双方父母的赞同。这次，他们报名参加电视娱乐大赛，并朗诵自己写的情书，目的就是想得到更多人的理解，也想表明他们坚如磐石的爱情。当主持人问他们：

"打算何时结婚？"陈桦回答："等她毕业。"陈桦还表示，他将参加高等教育自学考试。

我们衷心地祝愿这对情侣幸福如意！

祝贺你有了一个好妻子

　　你叫蔡天石。你推托不了《大世界》节目编导的再三邀请，偕同才结婚两个月的妻子来到了上海电视台大演播厅。

　　录像还没有开始，双腿残疾的你，只能坐在轮椅上静候。你那身体十分健康的妻子，坐在你的身旁，正含情脉脉地注视着你，而你双目微闭，似乎又陷入回忆中。

　　你是 1956 年出生的。你是一个苦命人，一生下来，就是残疾人。对于你来说，更不幸的是，在你两岁时，你的父亲和你们分居两地，留下你与母亲相依为命。

　　1969 年，是你人生中一个重要节点。你的父亲被允许回家来探亲。你终于见到了朝思暮想的父亲，你真是百感交集啊！你父亲郑重地劝你学习篆刻，并告诫你，这是一门艺术，学会了它，可以凭一技之长谋生！你父亲的眼光是现实而又远大的。你望着他慈祥的脸，默默地点了点头。尽管家里经济上很拮据，你父亲还是在离沪前帮你买好了刻刀、印床和几枚印章。从此，13 岁的你，开始了长达 17 年的篆刻生涯。

那天，你在窗前的书桌上练篆刻，突然来了几个小孩，他们一边往窗里扔东西，一边大声辱骂你。当时才 14 岁的你，已经懂得了，在这种情况下，绝对不能还嘴、还手。你万万没有料到的事发生了：这些小孩抢走了你的刻刀、印床和印章！你母亲知道了这件事后，背着你抹去了眼泪，然后到那几个小孩的父母那儿去赔不是。人心都是肉长的，他们都训斥了自己的小孩，将篆刻用具全数归还给了你。后来，你父亲回家，你也迎来了新生活。1980 年，你开办了"蔡天石篆刻斋"。开头生意清淡，可越到后来，顾客登门求章的人越多。

你在事业上的成就，吸引来不少仰慕者和学生。复旦大学毕业生卢肖文就是其中的一个。这位纯洁、贤淑的姑娘，这一年 24 岁，她对你的事业是那样理解和支持。她在世俗和偏见面前，表现出令人敬佩的勇气。你们很快就成了非常志同道合的一对。

后来，你们结婚了。你们在娱乐大赛上表演的，就是小卢写给你的一首题为《同行》的诗。小卢朗诵，你将"同行"二字刻于石上。诗中写道：

你沿着你蜿蜒的山道奋力攀行，

我顺着我不平的路途摸索探进。

这一刻，既然我们相遇了，

请你听我说，让我们同行。

……

蔡天石，祝贺你有这样一个好妻子。你听到了吗，在你们表演完，
人群中回荡的热烈掌声经久不息……

鱼腹藏书重演记

不久前，同事Z君从北方某大城市探亲回来，向我诉说了这样一件事：他是去看望岳父岳母的，知道两位老人很喜欢吃淡水鱼，下了车，就和妻子特地去火车站附近的集市转转。

差不多收市了，只见几个小贩还在那儿推销剩余物货，但是都没有鱼卖。正当Z夫妇感到扫兴时，来了一个小贩，手里提着一条五六斤重的青鱼，那鱼的成色倒也新鲜。Z君便上去问价钱，大约四块五一斤。Z君在妻子的配合下进行了讨价还价，他们告诉小贩，这种鱼在上海最多卖到两块七一斤。小贩也据"理"力争。最后，四块一斤成交。Z君付了二十几块钱后，与妻子兴冲冲地带了鱼见长辈。岳父岳母一见面就责怪道："知道你们来，早就准备好了菜，干吗再去花钱买这鱼？"Z君听完显得有些局促，机灵的妻子马上笑道："他是想孝敬孝敬两位长辈的！来，让我去收拾鱼。"

Z妻在井台边上干了起来。一剖鱼腹，她惊叫了起来："快来看！什么东西？"Z君三步并作两步上前去看，只见妻子从鱼腹里拉出一条白布，展开一看，上面用圆珠笔写着："此鱼用农药毒死，万勿食用！"Z君先是瞠目结舌，既而气得发抖，他说："我去找他算账！"岳母说："嗨，哪儿去找啊?！人家早溜了！"岳父沉吟片刻道："这个小贩，谋财而不害命，总算还有点良心。"Z君的妻子轻轻地哼了一声，鄙夷地将青鱼及那根白布条扔进了畚箕。

听歌珠江畔

曾经向儿子许诺，统考若考上市重点高中，一定带他去广州旅游。儿子倒是争气，我便在新学期前的最后一个双休日，匆匆忙忙将儿子带到了五羊城。

好友 H 君来机场接我们父子，随后当头泼了一盆冷水："广州有什么好玩的？"见我们尴尬，他笑着说："既来之，则吃之。广州的吃，却是一流的，可以叫你们终生难忘。"

是夜，我们便随他来到了大沙头的西贡美食街。这条美食街建在珠江边的码头上，估计有八百米长，一百米宽。虽然没有月色星光，码头上却依然光明如昼，那大幅的霓虹灯招牌错落有致、五光十色，宛如一串串璀璨的珍珠钻石，堆砌在珠江之畔。码头上的圆台面有一千多张，且绝大多数都坐满了人，估计有四千人之多。仔细观察，坐着的大多是一个个家庭，还有情侣和游客。

粤菜中的汤一般有七八种，有鱼、鸡、牛肉、猪骨、甲鱼、海鲜、参药等。这些汤都是用瓦坛装好料，放在液化气灶上当场熬的。所以特别浓，特别鲜。随后端上来的便是一小盘芥末。儿子开始不敢吃，后来见大伙吃得很起劲，便也加入进来。

酒过三巡，先是走来一个老者，自称阴阳先生，被 H 君撵走。不一会儿，又有一个三十来岁的男子，抱着一把吉他来到我们桌旁。这个人的装束有些特别，这么热的天，他竟穿着有点厚度的长袖线衫，前额有些谢顶，脑后却蓄了一条小辫子。他用普通话、英语和粤语不停地问我们："先生，要不要点歌？"H 君挥挥手让他走开。于是，这位歌手就来到邻桌旁。邻桌坐着一位五十来岁的男子和一位三十多岁的妇人。那男子不知是为了取悦妇人，还是确实钟情于歌曲，便请那歌手唱歌，第一首歌点的是《莫斯科郊外的晚上》，虽说唱得有点走调，但还不至于倒胃口。后面发生的情形，可真让人哭笑不得，男子点的是《哎哟妈妈》。接下来便是一段有趣的对话。

歌手："对不起，这个歌我没练过，能不能请您先唱一句，提示一下。"

男子："行，行，买际上这是一个老歌，我们年轻时，个个都会唱。"

歌手：“时代不一样，我们年轻人都会唱的歌，你大概好多都不会唱。”

男子：“有道理。那我先哼第一句给你听：'河里青蛙从哪里来？是从那水田向河里游来……'”

歌手跟着唱："'河里青蛙从哪里来？是从那水田向河里游来'……下面一句请再提示一下……"

这下可把邻桌的食客们逗得喷饭，笑得前俯后仰。而他们俩似乎毫无察觉，男子还是认真地一句一句地教，歌手十分坦然地一句一句学唱。男子教完，歌手也唱完。男子还鼓掌向歌手表示祝贺。

歌手一共唱了十首歌曲，水平很差，感觉却很好。最后，他对男子说："先生，刚才唱的十首歌每首歌收费十元，一共一百元。"

男子慷慨地给了他一百元，歌手利索地将钱夹在歌谱中，然后十分友好地说："谢谢，接下来呢，我将为你再唱两首我最拿手的歌曲，这是奉送给您的，不收费的。"

歌手慷慨相赠的两首歌，一首是《在雨中》，另一首是《涛声依旧》。H君听后笑道："应该将最后两首歌统统改称为'走调依旧'。"我们听毕都大笑。

享受美食时，若能大笑，实在是人生一大乐趣也！哎呀，珠江之畔的美食，实在是太有意思了……

带着父母游南浔

何以反哺，孝敬父母

　　我的两位最尊敬、最亲爱的父母都已于数年前先后离世，慈父张仲珊是 2008 年 8 月 24 日走的，享年 87 岁。他离开我们，竟已有十一年之久了；慈母毕玉珍是在 2013 年 9 月 9 日仙逝的，享年 90 岁，离开我们也已六年了。时间过得真快啊！不知不觉之中，我也虚岁 69 吧，"奔七"了。幸好，在我懂事之后，听从父母的教诲，数十年来，一直尽我所能，对父母尽孝，帮助父母解决一些难题，做一些我力所能及的事，以反哺父母的养育和培养之恩。

　　父亲酷爱读书看报，文笔很好，又写得一手好字。他对我从小就要求很严，我也比较听话，记得我四五岁时，父亲经常一早就将我唤醒，叫到八仙桌边，教我学习写毛笔字，学的是柳公权的碑帖。说实话，贪睡的我内心还有些反感，但知道父亲是为我好，就服从了，想不到后来终身受益！现在我的毛笔字算不上好，但至少上得了台面。"奔七"的我，现在更能体悟这如山的父爱！

我读书以后，父亲经常用《孝经》来教育我们三兄弟，他说，"孝"是上天所定的规范，"夫孝，天之经也，地之义也，人之行也"。告诉我们，应把"孝"贯串于人的一切行为之中，"身体发肤，受之父母，不敢毁伤"，是孝之始；"立身行道，扬名于后世，以显父母"，是孝之终。父亲讲得多了，我也渐渐记住。

父亲德气很高，极其善良，始终秉持儒家"克己复礼"的古训，凡事礼让，因此在亲戚、邻居和同事中，几乎没有什么冤家。而母亲也温柔贤惠、宽容大度。

平时，我们兄弟几个，若与邻家小孩发生口角，父母都是责怪我们，向邻居表示歉意，这样与邻居可能发生的矛盾立刻就能化解。

三年困难时期，父亲为了给我们增加营养，在节假日尽量带着我们兄弟三人去"五味斋""德兴馆""新雅粤菜馆"等老字号饭店排队就餐，让我们打打牙祭，补补营养。有一次在小东门"德兴馆"用餐时，邻桌一位外地老者在埋单时缺了钱，父亲见了，立刻为他付清了余款。这位老者拿出了自己的"红军证"，要求父亲留个地址，以便日后还钱，被父亲一口谢绝。

那个经济困难时期，什么都要凭票供应。我们家五口人，刚好属于

"大户"。即便如此，每月仅可以凭票买到一斤豆油、一斤猪肉，每天可以凭"小菜卡"买到几分钱的蔬菜。不过，得半夜里就去排队，晚了就会断货。我家住在沿街的二层楼房里，子夜后经常可以听"踢踏、踢踏"的木屐声，一些苏北籍的孩子用类似"号子"的声调唱道："冷——得来，脚抖哩来——"原来，他们提着竹篮赶去国营菜场排队买菜。我为了照顾每天要去上班的父母，也赶紧起身尾随。我拿着手电筒，带着预习的课本，也前往菜场排队买菜。

由于我们是三兄弟，两个哥哥正处于发育期，食品的短缺是天天要遇到的问题。当时，母亲在浦东民生路百货商店当营业员，她搭伙在上海海运学院（现改名为"海事大学"）教工食堂，那里供应还算可以。清秀瘦弱的母亲每天只在自己的米饭里拌一点菜汤吃掉，然后把省下的饭菜装进饭盒，悉数带回家让我们三兄弟吃，天天如此。我当时才十岁，还不甚懂事，每天看到母亲下班骑着自行车回家，都会欢天喜地地去接母亲挂在车龙头上的包，我知道，那里面的饭盒装着我们三兄弟最喜欢吃的东西。母亲则告诫我："等到晚上你两个哥哥放学回家，大家一起吃！"我就按下内心强烈的食欲，坚决按照母亲的吩咐去做。她自己却因长期营养不良，得了脾脏肥大的毛病，脚肿得厉害，还经常流鼻血。这就是母爱的伟大！

我家厨房里原先有个烧柴火的灶头，这在市区里比较少见，当然，烧出的饭菜特别好吃。为了帮助勤劳又体弱的母亲，我就经常帮忙烧柴火，顺便看着她如何煮饭烧菜，渐渐也学会了本帮菜的烹调。从那时起，母亲脾脏的毛病越来越严重，她到处寻医看病。于是，我也学会了熬煎中药。服药几个月以后，母亲的症状依旧，于 1964 年年中，在广慈医院（现为瑞金医院）做了脾脏切除手术。医生说，切除脾脏的人，最多只能活 15 年，结果母亲在手术后足足活了将近 50 年。母亲住院期间，我刚上初中，下课后，三天两头骑着自行车代表父亲和全家人，带着父亲买的营养品赶去离家 15 公里的医院看望母亲。每次母亲见了我都特别开心。而我深知，母亲的病是因为照顾我们引起并加重的……

后来因病休学的我，成了家里的"消防队员"，承担了家里一半以上的家务。首先，担任"买汰烧"，父母每天下班回来，我都能把热腾腾的饭菜给他们准备好；其次，我还要陪父母去医院看病；最后，每周都要骑自行车赶到 20 多公里外的大场，去送补给品给大哥。而此时，二哥由于肝病，在曹家渡的"纺二医院"和淮海路的一家隔离医院住了三四年，父母把家里的大部分凭票供应的营养品由我送到了 15 公里外曹家渡的二哥那里……

在父母生前的最后十年，我经常利用工作的间隙，邀请来二哥二嫂带着父母去江南一带游山玩水，陪他们度过幸福的晚年，还留下了许多珍贵的照片。我实在忙不过来时，会让儿子代我尽孝……否则，真会遗憾终生！

随着改革开放不断推进，国家的政策越来越好，老百姓的生活水平也在不断提升。

二哥夫妻原先跟我父母住在一起，但婆媳之间关系不睦。于是，我说服了太太，把单位分配给我的公房与哥嫂居住的简屋对调，跟父母住在了一起，以便陪伴此时已年逾七十的父母。

我内心的出发点其实很简单，子女长大成家了，绝对不能疏远年迈的父母，否则父母当初又何必生儿育女，并且将他们抚养成人？一个人如果不懂得反哺的道理，那活着又有什么意义？

在大哥有了儿子之后的十年中，父亲几乎每天承担起接送我侄子到幼儿园和小学的义务，尽管这时他已经七十开外，身体并不健壮，但风雨无阻，从未有过任何闪失。后来，还每个月将我孝敬他的几百块零用钱悉数寄给我的大哥，补贴他的家用（我是在父亲过世之后整理他的遗物时，发现这些汇款凭证的）。呜呼！父爱的伟大，天地可鉴！

没过多久，国家第一次开始发行股票认购证，银行还把推销的摊位摆到了我们电视台门口。我在胜樵挚友的鼓励下，买了不少，想不到后来发了一点小财，这或许应了一句古话："善有善报。"

1996 年，我和父母居住的老房子遇到了拆迁，偌大的房子只拿到了25 万的拆迁款。而当时，我正好处在参与开创东方电视台不久的年月，工作相当繁忙——我担任了两档节目的制片人，一档是每周一小时的大型戏剧综艺节目《东方戏剧》，另一档是 365 天每天一个小时的节目《东方之韵》，另外还要承担《"蓝天下的至爱"爱心全天大放送》《国际魔术节》《国际哑剧节》等活动的总导演。我根本没有时间和精力与房地产开发商周旋。

于是，我拿了自己在股票上挣来的钱，加上那笔拆迁款，在南浦大桥浦东一侧的一个小区里，为父母和自己各买了一套商品房，并配齐了家具、家电。

从此，我们又与父母共享天伦之乐了。平时，我太太和儿子也会照顾我父母的起居，如果他们身体不适，就能在第一时间带他们去医治。期间，母亲动了两次不算小的手术，一次是颈部肿瘤切除，还有一次是心脏三处搭桥。

在东视，我被评上了一级导演和台里的首席导演，尽管我的工作特别忙，但还是经常思考：怎么让退休多年的父母能够老有所乐，实现自己"报得三春晖"的夙愿？

儿子显然非常理解我的心思，他主动站了出来。1996 年 10 月，儿子在《每周广播电视报》参加一次有奖答题比赛，中了大奖，可以一家三口免费去杭州宋城游览。我们听了，相当开心。于是，他带着祖父祖母去了一次宋城。宋城位于浙江省杭州市之江路 148 号，是杭州市仿古建筑主题公园，1996 年开园，迎来了全国大量的游客。父母非常高兴在孙子的带领下在宋城各处游玩，回来后，老两口津津乐道了好长时间。

从此，我只要一有空，就带着父母去江南一带游览。有时，还叫来哥嫂同行。

1998年春天，我开着别克车，和太太带着父母一起去游佘山。佘山位于上海市松江区，分东佘山和西佘山，海拔分别是100.8米（2004年前标定为99米）和97米，为上海境内第二高峰，我先是带着父母到山上，游览了著名的天主教朝圣地——佘山圣母大教堂。然后下山，观赏了月湖。有几张照片就是在月湖边上拍摄的。

在附近一家饭店吃了午饭，我们又去了不远处的朱家角。父亲对其中的"课植园"特别感兴趣。课植园位于朱家角镇北首西井街，是镇上最大的庄园式园林建筑。园名定为"课植"，乃寓"课读之余，不忘耕植"之意，故园内既建有书城，又辟有稻香村，以应园名。

原园主马文卿，课植园故俗称"马家花园"。马家祖上原籍江西，后迁至昆山朝阳门，清末曾捐官为道台衔，后于朱家角井亭港择地百亩，自1912年开始兴建这座园林，停停建建，前后历时15年之久，花银30余万两。直至马文卿去世时，该园还未全部建成，但也颇具规模，亭台楼榭、假山水池、石碑长廊、古树名木，应有尽有，方圆数百里，闻名遐迩。据说园主马文卿为造这座园林，曾游遍江南园林，每见一处胜景，绝不放过，必命人着意仿建，如上海豫园风格的荷花池、九曲桥，苏州狮子林中的倒挂狮子弯等，如此集江南园林精华于一园的马家花园，规模恢宏，风格各异，在上海市里也实属罕见。

父亲在好几处有文字介绍的匾牌前驻足良久，显然他对其中的内容颇感兴趣。母亲也不停地环顾、眺望。

2000 年的"五一"小长假,我约来二哥夫妇带着父母去了南浔游玩,父亲对于这种文化之旅特别喜欢,不断驻足阅读墙上张贴的景点介绍。

小莲庄位于浙江湖州市南浔镇西南万古桥西,为晚清南浔俗称"四象"之首富刘镛所筑的私家花园,始建于清光绪十一年(1885 年),后经刘家祖孙三代 40 年的经营,由刘镛的长孙刘承干于 1924 年落成。刘镛(1825—1889 年),名介康,字冠军,浙江湖州南浔人,祖籍绍兴上虞,晚清成了江南巨富,据信资产达白银两千万两之多,光绪皇帝曾钦赐"乐善好施"牌匾表彰其善行。

刘镛发迹后,深感列祖以来,都缺少文化,虽有财,但无禄,不上门第,故亟力教子读书,应试科举,使他的四个儿子都能进入仕途,刘镛也因儿子的及第,恩封为通奉大夫,达到了光宗耀祖的目的。刘镛还把女儿嫁给一品大学士徐甫的儿子为妻,另一个女儿嫁给蒋锡绅之子清学部总务司郎蒋汝藻为妻,使刘氏更加光耀了门楣,在南浔成了有钱有势的大户。为了与身份、地位相匹配,刘镛在打造占地 27 亩的小莲庄时不遗余力。这里原为刘氏归榇暂殡寓园,后经精心设计营造成江南名苑,因慕元代书画家赵孟頫湖州的莲花庄,而自名"小莲庄"。

内园是一座园中园,处于外园的东南角,以山为主体。仿唐代诗人杜牧《山行》之意,凿池栽芰,叠石成山。山道弯弯,半山苍松,半山红枫,枫林松径,山路回转,小巧而又曲折,宛然一座大盆景。此园与外园以粉墙相隔，又以漏窗相通，似隔非隔，内外园山色湖光，相映成趣。外园以荷池为中心，池广约十亩，沿池点缀亭台楼阁，步移景异，颇具匠心。荷池南岸主体建筑"退修小榭"，临池而建，设计精巧，是江南水榭建筑的精品。此榭的溪曲廊连"养新德斋"是主人的书房，因院内多植芭蕉，故又名"芭蕉厅"。荷池北岸外侧为鹧鸪溪，沿溪叠有假山，并植矮竹护堤，堤上建有六角亭。堤东端建有西式牌坊一座，门额上的"小莲庄"三字为著名学者郑孝胥所书。荷池东岸，原建有"七十二鸳鸯楼"，抗战时被毁，其南侧有百年紫藤，似卧龙参天盘卷，枝叶茂密，伸达五曲桥顶，每到花季，即如紫色的彩带悬绕于桥顶，美不胜收。

荷池西岸较高的建筑"东升阁"，是座西洋式的楼房，俗称"小姐楼"。室内用雕花圆柱装饰，壁炉取暖，窗的外层用百叶窗遮光，具有浓郁的异国情调。西岸另建有"净香诗窟"，是主人与文人墨客吟诗酬唱之处。

父亲最感兴趣的，是荷池西岸的"碑刻长廊"，壁间嵌有《紫藤花馆藏帖》和《梅花仙馆藏真》四十五方刻石。刻石书法真、草、隶、篆各体皆备，刻工精妙，字体遒劲，文采飞扬。为不使长廊有长而呆板之感，北以桥亭为端，中隔半圆亭，南以扇亭为终，并引接家庙。刘氏家庙，是小莲庄的主要建筑群，与园林长廊一墙之隔。家庙始建于1888年，于1897年落成，为刘氏家族祭祀祖先之所。家庙坐北朝南，从南至北依次为照壁、石牌坊、门厅、过厅、正厅和馨德堂等。家庙正厅面阔三开间，明间进深五柱，次间进深六柱。正厅明间悬宣统皇帝御赐的"承先睦族"九龙金匾一块，以示刘家的荣耀。馨德堂在家庙正厅的北侧，该堂为楼厅建筑，底层面阔三间，周转卷棚轩廊，楼上四周有宽大的周转廊，故俗称"走马楼"。馨德堂装饰十分讲究，门窗的中心都用硬木雕出钟、鼎、钱币等博古纹饰，四周用鹅卵石、瓦片、花街铺地。后院树木参天，湖石叠峰，清静幽雅。

父亲在那里看得津津有味，我们看到父亲如此陶醉，也非常开心。

不久后，我和太太及兄嫂邀请父母一起去南京，瞻仰了中山陵，游览了明孝陵和秦淮河。

我的父亲向来对中山先生十分崇敬，所以虽然已年逾八十，还是欣然拾级而上，到达中山陵最高处的墓室，瞻仰了孙中山先生的汉白玉石坐像。在下山的路上，遇见一家小卖部，太太为我体质较弱的母亲买了一根雕刻精美的木质拐杖。

游览完了名胜，我们还带着父母去夫子庙一带逛街，在一家饭店里，我们六个人订了一个小包间，点了金陵盐水鸭、扬州煮干丝、大肉丸、南京汤包等名菜名点。父母显得很开心，还让我们把吃剩的菜肴打包带走。

在后来的几年里，我和太太还带着父母游览了周庄、同里和新场等古镇，让老两口品尝当地的特色菜肴和点心。说句实话，由于这些景点都地处江南，故菜肴、点心同质化严重，但父母还是非常开心，母亲说："只要是儿子、媳妇买的，我们都觉得特别好吃！"

母亲在 2007 年 11 月不慎摔断了左边的髋关节。这时她已经 83 岁了。送了几家医院，都不敢接开刀换髋关节的手术。结果，在瑞金医院，我所在的民进市委常委张伟滨教授冒着风险，帮我母亲更换了髋关节。我非常感激他。

母亲康复治疗是在位于浦东新区板泉路上的世博社区医院进行的。已经 86 岁的老父亲每天都要去看望距离我们小区十几公里的母亲。出于安全和舒适的考虑，我给父亲办了一张内充 1200 元的交通卡，希望他能够打车来回。后来父亲过世，我在整理他的遗物时，发现那张交通卡只用过一次！

半年不到，父亲由于来回劳顿，身体也垮掉了，在浦南医院被查出肺结核病灶复发，被要求马上送入合庆的浦东肺科医院。他老人家是站着送进去的，但是两个月后，由于治疗中用药过度，最后变得奄奄一息，是躺着离开这家医院的。我在刘院长的帮助下，把父亲接回浦南医院医治。

住院期间，有一天父亲平静地对我说："我恐怕不行了，我把你母亲和所有的一切托付给你，相信你会处理好。你待我们很好，我和你母亲都觉得晚年很幸福……"

我含着泪水鼓励父亲："您一定要挺住！"

父亲笑道："迟早会有分手的那一天……"

那段时间，我忙坏了，每天一早四五点钟起来，为父母做好他们喜欢的菜肴，要驱车 30 多公里给老两口送去。然后，还要赶到单位做节目。这样的生活一直持续了 6 年。

父亲于 2008 年奥运会闭幕那天（8 月 24 日）上午去世。在逝世前一个多小时，护工打电话给我，叫我立即赶到浦南医院，父亲说自己快不行了。当时，我和太太在板泉路母亲的病榻前，接到电话后，我立即驱车疾速往浦南医院赶。到了那里，父亲微微睁开眼见了我和太太，点了点头，已经没有力气说话了。一个多小时后，他平静地走了……

我顿时感到天塌了下来，心痛无比！

为了不加重母亲的病情，我们把父亲已经过世的噩耗瞒了母亲几个月。等她病情好转后，才告诉她的。另外，我为父母在原籍南汇买好大理石的、旁边有小桥流水的双穴墓地。

母亲意志非常坚强，经过一段时间的康复训练，又能够扶着撑架行走了。逢年过节，我都要接她出来，到有特色的饭店聚餐。本来打算在她身体好一点，能够正常行走后，将她接到我家里来住。但是，母亲的身体并没有大的改善。在她住院 3 年后，又患了脑出血，从此半身不遂，后来还丧失了语言功能。这样又在医院里治疗了 3 年。前前后后，母亲一共在医院里住了 6 年多。后 3 年母亲所有鼻饲用的食材，都是每天一清早由我烹饪好，驱车 15 公里，送到母亲的病榻前。然后赶到电视台上班。无论严寒酷暑，刮风下雨，从未有间断。我偶尔出差，便由我太太和儿子顶替。

一直到 2013 年的 9 月 9 日凌晨，母亲离开了我们。从此，父母都离开了，我备感失落！幸好，他们的晚年都过得不错，我们有过反哺、孝敬的很多行动……

我所做的一切，也仅仅是报答他们的养育之恩之万一。同时，也趁我在"奔七"之时，告诉儿辈孙辈。相信这些应该有的，继承中华美德的对父母的反哺和孝敬，会深深影响到我们的儿孙……

二哥与父母在南浔小莲庄合影

二哥与父母在南浔某饭店午餐

我与父母游江南古镇

二哥与父母行进在江南古镇的小河旁

父母在小莲庄花园里留影

与父母在南浔合影

与父母在小莲庄合影

与父母在南浔古镇合影

冒暑寻觅笑星影

——赴京拍摄赵丽蓉专辑追记

　　七月流火，高温酷暑令人难以忍受。更使人难受的消息于2000年7月18日上午从电波中传来：深受我国广大观众喜爱的著名笑星赵丽蓉因病去世。为了满足广大观众追思赵老师的心愿，时任东方电视台台长胡劲军一大早就打电话给担任《东方戏剧》制片人和总导演的笔者，商讨有无可能在最短的时间内做成一期"赵丽蓉专辑"。我当即接受了这一非常任务，并表态，尽管只有四天的拍摄、制作时间，我也会克服各种困难，将这个节目尽快完成撰稿、拍摄和制作，并安排在7月23日晚的《东方戏剧》栏目中播出。胡劲军台长当即表示赞许，还表示一定会大力支持此举。为此，节目中心、文艺部的负责人还与笔者及编导们一起开会研究了这台节目的拍摄、制作的细节。会上商定，当天就派摄制组赴北京采访巩汉林、阎肃等相关人士，并采集有关信息。

为了确保安全播出，《东方戏剧》栏目安排在 7 月 20 日做后期合成，这就意味着所有拍摄工作必须在 7 月 19 日一天内完成，时间极其紧迫。导演和摄像先行一步，乘 7 月 18 日下午 3 点的飞机去北京打前站。不料飞机因气候原因推迟了将近三个小时才起飞。更糟糕的是，我们到了首都机场，竟然未能领到事先托运的装有"掌中宝"数字摄像机、采访话筒、新闻灯具的皮箱。事后才得知，箱子被小偷抢先提到离行李转盘不远处的卫生间里撬窃……

到北京后，还发现非常不凑巧，我们要找的几位演员都被中央电视台组织去山西省参加"心连心"艺术团的演出。在这种情况下，我们还是集中精力加紧联系落实采访的各项具体事宜，并请中央电视台的朋友帮助翻录赵丽蓉最后一次在央视演出的节目。我们还请北京电视台的同行帮忙，联系拍摄赵丽蓉家里的一些相关情况。我们还紧急通知主持人张民权，要他在 7 月 19 日一早来京时，带上我们需要的器材。

作为赵丽蓉老师的义子，也是她的老搭档，巩汉林这两天忙得焦头烂额，根本没有时间也没有精力接受媒体采访。但是，他被远道赶来的东视人的精神所感动，接受了我们的采访。7 月 19 日一大早，他陪着赵老师的家属在北京远郊某处为老人选墓地。为了不失约，他大汗淋漓地开了几个小时的车赶到中央电视台接受采访。采访地点安排在演播厅外的化妆室旁，这些地方都是赵老师每年必到之处，这令巩汉林触景生情，悲痛难抑……因为每年春节前夕，他都与赵丽蓉老师在这里度过。他深情地回忆起赵老师许多难忘的动人故事。原来赵老师以前演戏练功的时候，落下了膝盖骨质增生的毛病，几次晚会上的摔倒并非噱头，实在是因痛而摔，而观众却误以为是情节所然，于是捧腹大笑。赵老师看到这一切，也忘记了疼痛，欣慰地笑了。当谈及去年最后一次与赵老师合唱《泰坦尼克号》主题歌时，巩汉林几度哽咽，多次抹泪，不能自已……

采访完巩汉林后，我们立即赶到北京西郊的一家小宾馆，在那里，张民权采访了中国剧协副主席、中央电视台历年春节晚会的主要策划人、著名剧作家、词作者阎肃老先生。阎老先生正在这里潜心创作新节目。由于事先知道我们的来意，他特地穿了一件短袖黑衬衫来接受采访，以寄托对赵丽蓉的哀思。他告诉我们，因为赵老师生于旧社会，没上过学，识的字不多，所以她演小品都是由别人教她台词，但是她悟性极高，花了几倍，甚至几十倍于常人的努力，才记下了那些台词。阎老先生说到伤心处，也潸然泪下……

观众朋友还可以看到该片子中，赵老师的三个儿子对着慈母的遗像无限悲痛的镜头。确实，无论是谁，大家都对这位笑星的突然离去感到无限悲伤，更不要说她的儿子们！

镜头还将领着观众去瞻仰这位笑星生活的四合院、躺过的病榻，和临终时用过的那个小闹钟……

在东视领导的统一部署和支持下，我安排《东方戏剧》栏目的陆慧珠、赵洋两位编导也连续工作了几个通宵，完成了宣传片的制作和赵丽蓉节目的收集。我率领的摄制组于7月19日深夜从北京返回后，大家立即通宵看片分析，讨论好剪辑合成方案，并立即仔细地进行后期制作。眼睛熬红了，衣服也被汗水浸湿了一遍又一遍，但是谁也没有怨言，决心以尽可能完美的电视艺术片，奉献给无数热爱赵丽蓉的观众。与此同时，台长胡劲军和节目中心领导多次深夜前来了解情况，加油鼓劲，并及时协调摄制组制作过程中碰到的各种困难。

这部片子的拍摄，立即引起了国内多家媒体的重视。台广告部搞节目推销的赵建福、方少华等同志，7月21日在一个半小时内接到十五家省市级电视台的求购电话，他们立即发动所有有空的同志，紧急翻录这部片子，并以最快的速度将此片邮寄或直接送机场托运，以确保这部片子在最短的时间内送到兄弟电视台手里。现已得知，各家电视台都已及时收到此片，并安排在7月27日赵丽蓉老师大殓之晚播放。他们纷纷对东视人的新闻敏感性和宣传的责任感及上海同行办事的高效率大加赞赏，并对该片的艺术质量表示非常满意。

补记：此片于2001年12月，获国家广播电影电视总局颁发的2000年度全国电视文艺最高奖——"星光奖"一等奖。

岳父的伞

2018 年 5 月 25 日下午 1 点 54 分，我的岳父陈根祥先生在浦南医院仙逝，享年 95 岁。我当时守在他的身旁，一首古诗反复在脑际萦绕："泰山猝然崩，西游驾鲲鹏。飞雪空飘零，儿女泪随风。"

在做"七"那些日子里，岳父的子女——也都是已经退休的兄弟姐妹们，终于有时间一起聚在岳父的住宅里，共忆慈父恩情的点点滴滴，共话兄弟姐妹之间的手足之情。在整理慈父的遗物时，大家发现最多的东西是各色各样的雨伞，竟然有三四十把之多。这些伞原本都比较高档，经岳父修理，显得更加结实、耐用，都有八九成新。也不知道伞的零件来自哪里，岳父是怎样修理的。这些伞大多是子女、儿孙们用坏了，原本都要扔掉的，在老人家的劝阻之下，留在他那儿了。每次子女儿孙去探望他，岳父往往微笑着提醒："伞已经修好了，拿几把去！"或许当时不是雨天，大家并没有拿走。现在，慈父已仙逝，大家各拿了几把回去做纪念。

伞，用自己的身躯，为别人挡住雨水的侵袭，遮挡毒辣的光照，遮挡凛冽的寒风……是保护人类和荫庇后代的善物。

其实，伞只不过是一个小小的例子，岳父对子女儿孙的关爱，又何至于此。

岳父早年在公私合营的五星翻砂厂（就是现在位于浦东张家浜的汇众汽车底盘厂）工作。

他在那里被选为工会主席，后来因培养工人技术人员被抽调去学习深造，进了上海铸铁工艺研究所，后来又到了上海群英机械厂从事技术工作。平时他不善言辞，勤奋工作，始终像爱护自己的眼睛一样爱护国家和集体的财产，一贯乐于帮助同事、朋友，因而广受领导和同事们的赞扬，多次被评为先进工作者。从岳父的这些表现来看，他或许也是同事们心目中一把挡风遮雨的伞……

岳父年轻时，长得很英俊。身材清瘦，表面不苟言笑，内心却柔情似水。我的内兄陈国权回忆道："记得我 17 岁（1965 年）进上海市篮球队才 10 天，那天，我从早上 6 点练到 9 点浑身是汗，在沙坑里练蛙跳。门卫说，门口有人找你，是你哥哥吧，他来给你送来被子。我想，我哪来的哥哥，肯定是我父亲。我拎着汗水湿透的球鞋，光着膀子只穿一条短裤来到他面前，父亲见了赤着脚、浑身都是沙子，像麻球一样站在他面前的我，顿时双肩颤抖，两眼一下子就红了起来。原来，他见儿子的训练如此艰苦，是非常的舍不得啊！这时，我才懂得'慈父'这个词的真正含义！"

我太太也清楚地记得，她在洋泾中学住校读初中的时候，适逢三年经济困难时期，学校里伙食很差。每次周六回到家里，父亲总是端上一碗红烧肉让他们补充营养和解馋。

太太说："我父亲自己瘦得24根肋骨根根都凸现，看着我们吃肉，他笑得是那样的灿烂……"

岳父为人敦厚善良，乐于助人，不求回报，故而人缘极好。他的子女都记得，在浦东陈家门居住的几十年中，每逢下暴雨，在近十家邻居共同居住的场地上，率先赶去通阴沟去除积水的人，一定是他。雨停了，帮邻居爬上屋顶补漏的，也一定是他。家里备有各种各样的工具，其中一部俄国的手摇缝纫机特别引人瞩目，属于老古董。我记得在苏联电影《列宁在1918》中好像见过类似的道具。岳父经常用它为子孙缝制鞋垫、被单。另外，他还经常帮长辈、兄弟姐妹、子女和邻居补胎、钉鞋桩、理发……所以，邻居们会很习惯地说："有事，去找根祥！"

退休后，他除了继续帮子女儿孙修伞、缝制鞋垫等东西，一有空，还向他们赠送购买来的小辈们都喜欢吃的"三林塘酱瓜"等酱菜，年复一年，无怨无悔。

　　20 年前，原先居住的老房子拆了，岳父搬到了面积比较大的商品房居住小区居住。居委和物业为了满足广大业主健身的需求，在小区各处安装了好多的健身器材。但由于过度的使用和人为的破坏，这些健身器材经常处于损坏状态，招来了某些业主的怨言。岳父当时已经到了耄耋之年，出于热心和善良，他居然管起了这些"闲事"，从自己家里拿来工具和可代用的零配件，很快将这些健身器材修好，让它们焕发青春。"根祥伯伯"的大名也由此在小区几千户邻居中传开了。也因此，他曾两次被街道和居委评为优秀党员。

　　对老人家的照顾和孝敬，相比他的子女，我肯定做得最差，当然我还是努力将此事做好。在同辈中，可能我的工作最忙，但逢年过节，用不着太太提醒，我都会提前去探望他。

　　令人惊讶的是，我每次去看他，他都在收看我所在的戏剧频道的节目。后来我也退休了，发现他还是保留着这个习惯。有一次，我问："我都不大看戏剧节目，您却是我们频道的忠实粉丝，您就这么喜欢看戏?"

　　他微笑着回答："戏剧节目从小就爱看，但我更喜欢看到后面有你担任编导、播出总监的字幕。"

　　噢，原来如此! 顿时，一股暖流涌上我的心头。岳父的鼓励，是我至今还在导演艺术追求上不敢停歇的动力……

　　六七年前，当他听说自己唯一的孙子不仅考入了上海交大，后来又被派往法国去学习智能专业，他非常开心。

从上面的事例可看出，岳父不啻是家庭内外，为子女儿孙、亲属及邻里遮风挡雨的一把结实的雨伞……

直到两年前，他已经 92 岁了，开始有血尿现象，才停止参与诸多的公益劳动。

兄弟姐妹们立即感到情况不妙，大家达成共识，加倍回报老人的时候到了，我们也应该变成一把为老人遮风挡雨的伞！这既是传承，更是反哺。

其实，岳父的几个子女在内兄国权的带领下，一直对岳父照顾有加，有了好东西，总是拿去孝敬。岳父长期以来，一个人居住。我的小舅子国威一家住在他的楼上，对他的关照更加频繁。小舅子国铭夫妇自身也有疾病，但在孝敬老人上不遗余力。最小的内弟国卿的妻子丽娜，每逢端午，都要特地做好各种口味的粽子前去孝敬，几十年如一日。

作为女婿，我也不甘落后，自告奋勇联系浦南医院，和妻子、内兄、内弟一起带着他去那里做深度检查，最后确诊，岳父的泌尿系统患有多处肿瘤。

经我的好友介绍，我们带着岳父到上海瑞金医院就诊。80 多岁的周文龙教授表示，如子女愿意，可以做肿瘤切除手术。我感谢他的好意，回复说："此事一定由岳父的几个子女做出决定。"

我的几个舅子经过讨论，最后决定采用保守疗法。我回复说："那好，其他的事情暂时都由我来处理。"

　　又经朋友介绍，我认识了上海曙光医院这方面的专家——薛慈民教授，请他用中药来控制岳父的病症。为此，两年半来，基本上我每两周都要开车带岳父去张江的上海曙光医院总院，请薛慈民教授为他医治。

　　为了减轻岳父的劳动压力，本来我想把煎药的事让曙光医院去做，但岳父说，为了提高药效，还是自己熬制。于是，我还特地给岳父买了一把自动煎中药的紫砂壶。

　　不料，在2017年11月，岳父在起夜时，不慎摔断了腿骨。老人家忍着剧痛，打电话叫来了住在楼上的儿子。我的几个舅子将老人家先后送了三家医院，都拒绝给老人家医治。舅子们又来找我帮忙，我请老朋友——上海浦南医院院长刘卫东先生帮忙，他让我第二天送到浦南医院去。几天之后，浦南医院就采用微创手术，帮助我们为岳父接好了腿。

　　在以后的七个多月里，国权兄带领几个弟弟轮流值班，这也成了十分难得的与慈父谈心、交心的最佳契机。国权为老人剃头、洗澡、修指甲，其他几个内弟也效仿兄长，每天呈上精心烹饪的各种美味佳肴，国威还没有忘记在老人的床头放置一架专门播放戏曲节目的收音机……这些行为，令邻床的病友及家眷都羡慕和赞叹不已。

　　岳父所住小区的居委会和居民得知岳父生病住院，都十分关心，多次自发前来医院探望。而岳父对于他们的到来显得非常感激和欣喜……

　　但是，病魔还是夺走了岳父的生命，当时，他的耳畔还在播放着他最喜欢欣赏的评弹。

　　获悉岳父逝世，居委会特地打电话关照，岳父家属的私家车进出小区，一律免单。对此，我很感动，我在想，岳父修的伞，本身并不值钱，也仅仅是个个案，但其中融入的却是一种大爱。这种大爱会发酵，会传承，会感染，会飞扬。

　　所以，我在岳父的追悼会召开之前，写下了如下的挽联："敦厚节俭慈容笑貌永铭心上，驾鹤远去高风亮节晚辈践行。"挂于送别大厅的横幅两侧。

　　其实，上述点点滴滴也已变成一把心灵的雨伞，我们珍视它，也希望岳父能够撑着它在天堂里信步……

初识董卿
——忆二十年前的两张老照片

　　最近，我在整理资料时，发现了两张极其珍贵的老照片。第一张照片拍摄于 1997 年 11 月 10 日下午两点左右，地点在扬州中学校园内。当时，我正在跟秦怡老师、徐玉兰老师、孙道临老师、乔榛老师、著名淮剧演员梁伟平、扬剧演员王苓芬这批国宝级演员说戏。他们是应邀来参加拍摄《东方戏剧》之《扬起的风帆——历史文化名城扬州礼赞》这档节目的。第二张照片是我在扬州名胜"第五泉"前，为董卿拍摄的纪念照。这档节目，后来在同年 12 月 7 日晚的黄金时段中播出。

　　《东方戏剧》是当年东方电视台著名栏目，1996 年 4 月 7 日创办，到 2001 年 1 月 21 日结束，每周一期，时长将近一个小时，一共做了 195 期，跨度近 6 年。笔者是这个栏目的总导演和制片人，曾在该栏目的播出总表上写道："个中心血，天地可鉴！"

董卿是在 1996 年 9 月进我这个栏目担任主持人的，她来东视做的第一档节目便是同年 9 月 22 日晚播出的《东方戏剧》第 13 期《金嗓银弦》，这个节目专门介绍了上海京剧院的京剧名家夏慧华和尤继舜伉俪的艺术成就及其作品，跟董卿搭档的是上海人艺的演员聂雅亮老师。

拍这张照片时，已经是董卿进《东方戏剧》栏目拍摄的第 41 期节目。在拍摄的两天前，她被我批评过。怎么回事呢？

8 日这天，摄制组 30 多号人约好在下午两点准时在上海新客站南广场入口处集合，然后一起进站，乘坐 2 点 40 分的火车去扬州。二十多年前的上海新客站建好不久，设施还不是很完备，早到的我们和孙道临、乔榛、李炳叔、马莉莉等老师都站在广场上等候。两点所有的人都准时到了，但还没有见到董卿的身影。这下可把摄制组的工作人员急坏了，剧务打电话不断地催董卿，有些老演员也因站得腰酸背痛开始有怨言。剧组里的老同志埋怨道："国宝级的表演艺术家提早到，刚来的小姑娘却迟到这么多时间，太不像话了！"

2 点 25 分，董卿终于赶到。她气喘吁吁地向我解释由于堵车而迟到的原因，我为了平息老艺术家的怨气，也为了给她立规矩，打断了她的解释，严肃地批评道："不要跟我解释，迟到总是不应该的！你看，这些老艺术家都提早到了，而你才刚刚担任东视的主持人，就迟到这么多时间，像话吗？记住，你要想事业成功，以后绝对不可以迟到！"

本来我以为这样当众批评她，她一定会像其他的姑娘那样，一边哭鼻子，一边为自己开脱，但董卿不是这样，她涨红了脸，对我说："老师，我错了！"然后向所有在场的摄制组人员深深地鞠了一躬。

显然，大家接受了董卿的道歉，怨气也消了。我内心暗暗地说："这孩子将来一定有出息！"这个小事件也算是我对董卿的初识。

然后，我们赶紧进火车站检票。在以后几天的拍摄过程中，她每次都是提前化好妆赶到片场，工作非常认真，采访扬州的市领导和录制串联词都把握得恰到好处。董卿的表现，得到大家的一致好评。

董卿在我们《东方戏剧》栏目里大约做了三年的主持人，后来逐步参加其他栏目的主持。由于她背稿子非常快速，对稿子的理解、语言节奏的把握都非常精准，所以拍摄时，工作效率非常高。另外，她跟我和剧组里的同事都相处得很和谐，没有听说过她跟谁有过节。后来她被央视文艺部"挖走"，我们都为她的"跳龙门"感到高兴，当然也为东视少了一位极具潜质的主持人感到有些惋惜。

果然，十年后，她成了中国电视一姐，独步青云，并且蜚声海内外……

此次拍摄过程中，有一段串联词是在扬州的"天下第五泉"旁录制的。天下第五泉坐落在扬州北郊蜀冈中峰的大明寺内。这里名胜密布，寺内有平山堂，传为宋庆历八年（1048年）二月欧阳修构筑，取"江南诸山，拱揖槛前，若可攀跻"之意。平山堂之后为谷林堂，系苏东坡为纪念恩师欧阳修而建。谷林堂后为"欧阳祠"。此外，还有建于1973年的鉴真纪念堂。大明寺西侧，就是历来为人称颂的西园，建于乾隆元年（1736年），乾隆十六年（1751年）重修，一称平山堂御苑。由山亭入舫屋，池中建覆井亭，上置辘轳，仿效古之美泉亭。亭前建荷花厅。缘石磴而南，石隙中又有井。明僧智沧溟于此掘地得泉，即是此井。泉井侧勒"第五泉"石刻三字，为明御史徐九皋所书。旁为观瀑亭，亭后筑有梅花厅。以奇石为壁，两壁夹涧，壁中有泉淙淙。昔时剖竹相接，钉以竹钉，引五泉水贮以僧厨，有古诗句云"引泉竹溜穿厨人"。西园之右，有芳圃。

董卿的记忆力和悟性特别好，所以录制非常顺利，很快就结束了，我顺便给董卿拍了一张照片。董卿还特别喜欢学习和刨根问底。那天，她就问我："这里为什么要称为'天下第五泉'呢？"幸好之前我做过功课，就从容地告诉她，关于"天下第五泉"，还有一段有趣的故事。

大家知道，品茶，不仅需要茶叶好，而且讲究泡制的水。扬州蜀岗中峰大明寺水名列第五。北宋欧阳修守扬州时，曾品尝过该泉水，并在井上建"美泉亭"，还撰《大明寺泉水记》，称赞泉水之美。苏东坡守扬州时曾记道："大明寺塔院西廊井与下院蜀井的水，以塔院为胜。"

真是：从来名士能评水，自古高僧爱斗茶。对于平山堂西园的"天下第五泉"，文学大家欧阳修表示过异议。欧阳修被贬官后，由滁州再迁扬州，做了江都太守。因仕途坎坷，怀才不遇，故常常出门寄情山水，饮酒赋诗。一天，他来到大明寺，寺中老僧见来了个州官，一面施礼，一面打发小和尚去泡香茶。但老僧虽知来者身份，却态度冷淡，他认为欧阳修不过是一个被贬降职的官员，也许徒负虚名，胸中不一定有大学问。

不一会儿，小和尚把茶端了上来。欧阳修呷了一口，就向老僧打听泡茶之水来自何处。老僧脸上顿时显出得意的神色，答道："这水汲自本寺里面的一泉，历来被称为'天下第五泉'。"

欧阳修听了，不以为然地问了一句："请问师父，说它是'天下第五泉'，不知有何依据？"

"这是唐人张又新说的。"老僧答道，并找来张又新的《煎茶水记》一书，捧给欧阳修。

"张又新没有走遍天下，自然没有尝遍各地泉水，只凭想当然就把泉水分七等，这种做法并不足取。"欧阳修不客气地将了老僧一军。

老僧又搬出了茶圣陆羽，说张又新是根据陆羽所说而写的。镇江金山寺中冷泉为第一，无锡惠山石泉为第二，苏州虎丘石泉为第三，丹阳县观音寺水为第四，扬州大明寺泉水为第五，松江水为第六，淮水为第七。茶圣之论，岂能有错。老僧语气坚定，颇为自信。没想到欧阳修穷追不舍，紧紧追问："师父，诚然张又新的话出自陆羽，那么，陆羽又是根据谁说的呢？"老僧无言以对。

欧阳修十分认真地对僧人说："唐代的天下，滔滔长江在南，滚滚黄河在北。河、湖、泉、井不可计数。陆羽、张又新没有走过几州几府，他们所评七泉只限于东南一隅，谁能保证除此之外，长城内外、黄河上下、天府四川、苍茫楚地，再没有好水？陆、张两位并未品遍天下之水，就轻率地下此结论，这又如何可信。"他又说，凡事要调查实察，寻根求源，不可人云亦云，拾人牙慧。这一看法说得入情入理，让老和尚心悦诚服，甚为钦佩。

欧阳修从大明寺告别僧人回到府里，当天就写了《大明寺泉小记》一文。文中赞美了大明寺泉水"为水之美者也"，既未冠之"天下"，也没有说属于何等。文章写好，派人送给大明寺老僧人，请他指正。老僧人阅罢佩服不已，从此和欧阳修结成好友，来往甚密。大明寺的泉水的确是清澈甘甜的宜茶好水，老僧虽然还是常向人们介绍，但不再说是天下第五泉了。这一传说一直流传至今，但人们仍沿用"天下第五泉"称赞大明寺的泉水。

这故事讲完已近黄昏，董卿似乎意犹未尽，她说了一句："原来如此！张老师，一定要帮我拍一张照片留念！"于是便有了这张照片。

22年过去，但往事并不如烟……

辰山退思

　　2018 年 5 月 15 日 4 点半的时候，天还蒙蒙亮，我就自然醒了，马上起床。上午 7 点半，退管会组织我们去上海辰山植物园和上海档案馆参观。之前，退管会组织过几次以体现集团对退休员工的人文关怀的活动，因为与我个人的日程安排有冲突，我都没有参加。这一次，我既然已报名，那就一定要践约。作为媒体人，几十年来，我养成了一个习惯，只要约好的时间点，都会提前或准时到达。一般情况下，从我家里到达上海电视台只需 40 分钟，但我还是提早一个半小时出了家门，我去赶乘4 号线的第一班地铁。与往常一样，临行之前，我帮体弱的太太做好了早饭，蒸在能保暖的电压锅里。

　　出了地铁口，已经离台 500 米左右，于是，我骑了一辆共享单车，行驶在清寂的威海路上。只见金色的朝晖铺在已经打扫得干干净净的威海路上，大街两旁绿树成荫，路旁都是这些年陆续新建的建筑物，绿色、茶色幕墙玻璃的很多，动辄都是 30 多层，显得非常现代和时尚，让人赏心悦目。从 1983 年秋天起，我在这条并不算长的马路上，已经走了整整三十五年，我走过了青春、"不惑之年"和"知天命"，最后步入了"夕阳红"。这一路上，留下了我多少的感情、多少的感悟、多少的感动、多少的感恩、多少的感慨……

威海路 298 号，本来是上海缝纫机台板二厂的厂区，是我台的邻居。后来因消防安全、转产等原因，纳入了我台的版图。十几年前，这里建成了 40 多层、巍峨的集团办公大楼。进得边门，只见两辆旅游大巴已停放在前面的广场上，并且已经发动，在输送冷气，因今年热得比较早，而且今天又是阳光明媚，还仅仅时处 5 月中旬，就已经有夏季的感觉。我并非第一个到达的人，见到了二十多位同事在那里聊天，我自然也跟一些熟悉的老同事打打招呼，寒暄一番。

意外见到了一个人——王金莲女士。她是我的同事，比我小七八岁。退休前，在东视图书馆工作。1983 年夏，我参加上海广电局发起的编辑、记者、导演的招聘，她是招聘办公室的工作人员，当时她还是个二十多岁的姑娘，跟我有过多次商调方面的联系。我退休前，她到过我的办公室，告诉我："现在可以揭秘了，1983 年的那次招聘，你名列前茅！"后来，每次相见，我都心怀感激。

　　乘坐大巴经过一个半小时的行驶，我们来到了第一个目的地——上海辰山植物园。大家穿起短袖衬衫，带着遮阳帽，下了车，这里是松江区辰花公路3888号。辰山植物园于2011年1月23日正式对外开放，由上海市政府与中国科学院以及国家林业局、中国林业科学研究院合作共建，是一座集科研、科普和观赏游览于一体的AAAA级综合性植物园。集团旗下的电台与辰山植物园有着很好的合作关系，每年春秋季节都有重要的音乐会安排在这里的绿地上举办，这对普及音乐，抬高植物园的人气极有裨益。

　　辰山为松郡九峰（《上海地名志》中称作"云间九峰"）之一，海拔在70米左右，属于余山山系之一，尽管称为"峰"，只是针对平坦且低洼的长江口冲积平原而言，其实就是低矮的丘陵。据明代董其昌记载，辰山"在诸山之东南，次于辰位（辰是十二地支之一，辰坐在东南方，具体位置用罗盘就能找出）"，也就由此而得名。辰山植物园根据原有生态地貌改造成了深潭区、台地区、望花区、镜湖区等四个区域。从2010年4月起，园内已收集到植物约9000种，其中最多的属华东地区的植物，共有1500余种。上海辰山植物园也由此成为拥有华东区系植物最多的植物园。该园收集的珍稀濒危活植物（即国家一、二级保护植物）达到107种，其中包括羊角槭、普陀鹅耳枥、夏蜡梅、伯乐树等。还收集了世界上许多国家提供的珍贵的植物样品。

　　由于时间关系，我们只去观赏深潭区和两个陈列来自世界各国植物的超大型玻璃暖棚。

女导游特别提议，首先要去看"深坑"。于是，40多号人乘坐电瓶车跟着她来到了"深坑"。其实女导游说的"深坑"是个深潭，面积约1万平方米，潭水深约30米，旁边的悬崖峭壁高约70米，已经被后来添上去的绿色植被所覆盖。有一缕瀑布飞流直下，产生了动感和不小的声响。女导游说："深潭是采石挖掘后留下的。经过工程师精心设计，做成了现在这样的景观。"

我问她："当地为什么要采石？采石是在什么时候？"她一概不知。于是，我把她拉到一旁，将自己预先做过的功课和了解到的一些有关深坑的历史知识告诉给她。

辰山的深坑，形成在中华人民共和国成立后，由当地的松青采石公司统一经营采石，分别在辰山、薛山、凤凰山下设轧石一厂、二厂。1957年，因战备需要，各轧石厂移师至卢山，现在叫天马山，原为一小丘，仅有0.23平方公里。中华人民共和国成立前，日本侵略者在这里就地取材，不断炸山采石，用以建造碉堡。由于挖的石头太多，结果被挖出了个深坑。至20世纪50年代末，整个山丘已荡然无存，变成一个直径约200米、深60米的大坑。包括辰山、佘山在内的另一次较大规模的开山采石，发生在1969年春天。当时中苏在珍宝岛发生了军事冲突，主要为了备战、建造坑道，挖出来的石块也可用于建造军事设施。同年9月，中苏达成停止军事冲突的协议。于是，全国备战暂停，辰山等处的采石也随之结束。辰山的深坑逐渐形成一个小湖。而天马山的深坑在静静地沉睡了几十年之后，被香港世茂集团看中，充分利用了深坑的自然环境，极富想象力地建造了一座五星级酒店，整个酒店与深坑融为一体，从而创造了人类建筑史上的奇迹，也是自然、人文、历史的集大成者。

"噢，原来如此！以前游客们老是问我们深坑的来历，我们一直支吾。今天终于搞清楚了。谢谢啦！"女导游坦诚地说。后来，在途中，她真的向我的同事们做了补充说明，还当众表扬了我。

这又是一个意外的情节，让我联想到，在人的一生中，也会遇到各种坑，有的是深坑，一不留神，还会摔下去。这未必都是坏事，如果能够吸取教训，变不利为有利，为人生中的景观，或许也会成为一道美景。

想着想着，我跟着同仁们走进了热带展览温室。它位于上海辰山植物园的东北角 2 号门内，是由热带花果馆、沙生植物馆和珍奇植物馆等 3 个单体温室组成的温室群，总面积为 12608 平方米。其中，热带花果馆面积 5521 平方米，最高达 21 米，由风情花园、棕榈广场和经济植物区组成；沙生植物馆面积 4320 平方米，最高达 19 米，分别收集展示了澳洲、非洲和美洲的沙生植物；珍奇植物馆面积 2767 平方米，最高达 16 米，收集展示了表现植物生存和进化的奇特类型，如热带雨林现象、食虫植物、苏铁、蕨类、兰花和凤梨等。温室展览馆建筑形态十分独特，采用弧形的大跨度铝合金单层网壳结构，三角形分块夹胶玻璃覆盖，轻盈通透。展览温室所采用的自动气候控制系统，为来自世界各地的植物创造了适宜的生长环境，成为服务上海辰山植物园科学研究、科普教育、园艺展示和生物多样性保护的重要设施。

从两个大型玻璃暖棚出来，浑身微热，仰面临风，我突然瞅见远处佘山上的天文台和教堂，它们都在熠熠发光，甚为壮观。我立刻想起了四十年前与之相关、并永生难忘的两桩往事，顿时感慨万千。这是今天辰山之行的第三个意外！

哪两桩往事呢？其一，我是在 1978 年秋天考入上海师范大学中文系。第二年秋天，我们来到青浦野马浜农场，参加"学农"劳动，突然瞥见远处丘陵上有一个半圆形金属建筑和一幢红色小城堡，一打听才知道，这座丘陵就是佘山，半圆形金属建筑是建在山顶上的上海天文台的观象台，旁边的城堡则是闻名远东的大教堂。于是第二天，我们就到那里参观。令我万万没有料到的是，这次极其普通的参观，后来竟会成为改变我人生轨迹的重要一环，我在下文还会详述。

其二，1982 年初夏，我大学毕业，分配在上海杨浦区教育学院，执教《大学语文》等课程。1983 年夏天，当时上海发行量最大的报纸《每周广播电视报》上刊登了一则启事，说是上海广播电视管理局欲招聘编辑、导演、记者。招聘考试安排在 9 月中旬举行。我见了，立即产生了跃跃欲试的念头，因为我童年就有当一名文学艺术家的梦，就立即去报了名。

9 月 11 日那天的招聘考试，在富民路 50 号的爱华中学内进行。令我终生难忘的是，一是考试的时间特别长，从下午一点一直考到傍晚六点。中间去了一次厕所，竟有同性的监考陪同，可见监考之严格。二是考生多，据说有近五千人参加了考试，我在那里，遇到了我大学里的好多同学。三是考试的内容杂，考卷足足有一米八左右长，正反两面都是密密麻麻的考题，内容涉及古今中外百科知识，上到天文下至地理，文理兼备。其中一道题是画了个指纹螺旋状图案，要写出10个相似的事物，我写了老式收音机的天线、飞旋的绸带、蜘蛛网、盘山公路、蚊香……其中，不能少于800字的大作文的题目让所有考生看傻了眼——"上海的山"！要求：可以写成记叙文，也可以写成议论文。一般人会想：上海哪里有山啊？要么是垃圾成山，问题堆积如山，假日里，南京路客流如山……我见了题目顿时思路泉涌，很快写就了此文。

　　文章的大致架构和内容我还清楚地记得，此文一上来，先"破题"。我说，在我的记忆里，上海是一个繁华的大都市，一马平川，是没有山的。但是，高考进入大学第二年那次在野马浜学农的经历，彻底颠覆了我对"上海没山"的看法。然后，我就简要地叙述了参加学校组织的为期一周的"学农"劳动中那段难忘的经历。那天，农场领导安排我们干的活儿是割稻，虽然自己已经三十岁了，干得很累，但作为全国恢复高考以后的第二届大学生，我的心情和感觉相当不错。到了黄昏收工时，我突然瞥见远处居然有一座规模不算太小的山丘，山顶上，还有一个半圆形的金属建筑物和一幢红砖砌成的小型城堡样的房子。它们在金色余晖的映照下，显得非常神圣和神秘。我立即向同学请教，他们热情地告诉我，那座山就是颇有名气的佘山。山上的半圆形的金属建筑，是上海天文台的观象台；旁边的城堡，则是闻名远东的佘山圣母大教堂。我有茅塞顿开的感觉。班长张长东是个热情的军人，他自告奋勇地说："对了，我去天文台联系一下，我们明天就去参观，如何？"我和班上的同学们一致举手赞成。第二天一早，我们全班40个同学来到了佘山天文台，台长亲自在门口迎接，然后带我们参观了整座天文台，尤其是那个外表像个金属半球的观象台，他一边走，一边讲述。在观象台里，我们见到了半个世纪前从法国购置的40厘米双筒折射望远镜，它在当时是亚洲最大的天文望远镜。我们的几代天文学家和气象专家，为了研究宇宙，尤其是为了给"四化建设"提供可靠的气象保障，长年累月地居住在山上，拍摄了大量珍贵的天体运行照片，观测并记录了复杂浩瀚的气象资料。他们含辛茹苦、默默奉献，度过了无数的不眠之夜。一年中，难得有几次与家人团聚……我们还在他们的职工食堂吃了一顿工作午餐，有几个细节引起我的关注，天文台里的科学家和其他工作人员都穿得很朴素，甚至有点落伍；黑板上书写的菜单，竟然有些与他们所从事的科学研究有关，比如有一道菜叫"云遮月"，看了实物才知道，这道菜原来就是我们熟悉的"肉酱蒸蛋"……足见这些气象科学家对自己工作的忠诚和热爱，以及他们拥有的丰富的文学艺术涵养。我们还去参观了科学家们的宿舍，里面除了堆满的书籍，生活条件简朴得难以想象。

作文的最后，我感叹道：这次参观让我领略了，上海原来有山，佘山就是其中之一，而那些在佘山上长年累月为四化建设默默奉献的科学家，值得所有的人尊敬。他们的精神世界，才是上海真正的山！

我对于自己写出的这篇文章是比较满意的。难度不高，但平淡中意蕴深远。

在我看来，因那次机遇，我才能从一个教师变为一个上海电视台的导演，人生轨迹发生了巨大的转变，迎来了我生命中的第二个春天。

所以，此次去辰山植物园游览，对我来说特别有意义，居然遇到了三十五年前上海广电局招聘办公室的工作人员王金莲，她虽然不是考官，但也是我的恩人之一，让我喜出望外。又看到了"深坑"和佘山顶上的观象台，使我触景生情。虽然是巧合，抑或是向我昭示人生的真谛……

访
日
纪
事

　　2000 年 5 月 25 日，初夏时节，天微热但气爽。根据市外办的安排，我们于 7 点 15 分就赶到了虹桥机场。此次出访，共有八十人参加，全名叫"2000 年上海市青少年访日友好交流代表团"。这次出访，是由上海市人民政府跟日本外务省有关部门商定安排的。上海广电局一共安排了三个人作为随团记者：我和摄像师潘秋华来自东视，东广派遣的是著名主持人叶沙（她的真名叫阮帅，是我剧组同仁汪青的亲妹妹）。临行前，刘文国副台长（后来是上海文广影视局艺术总监）交给我任务，撰稿并拍摄一部纪录片带回来，放在东视播放，我接受了此项任务。

　　早在 20 世纪 70 年代，上海市就与日本的横滨、大阪建立了友好城市关系，彼此之间一直保持着较密切的合作关系和来往。这种友好的关系，可以追溯到一千几百年前，我国唐朝伟大的诗人李白甚至为悼念一位日本朋友，写下了《哭晁卿衡》这样动情哀痛的诗句："日本晁卿辞帝都，征帆一片绕蓬壶。明月不归沉碧海，白云愁色满苍梧。"而鉴真和尚也在日本民众中留下了许多流传千年的佳话。

代表团的主体，是一群来自江湾中学的高中生。他们十六七岁，风华正茂，都显得异常兴奋，喜气洋洋直接写在了脸上。当时出国并不是件容易的事，家长们都对自己的孩子能被选中出国感到特别自豪。对于这些孩子来说，这也是他们第一次走出国门。

飞机是在上午9点10分左右从虹桥机场起飞的，一直到11点45分，才抵达东京的成田机场。在机场的出口处，便有日本方面派来的大客车迎接。

在飞机上，我们看到日本建有许多人工岛，这些人工岛除了用来建机场，还建了许多码头和工厂。我为什么认定这是人工建造的呢？因为从舷窗看下去，岛屿的边线都是笔直的，这显然不是大自然的造化，而且日本因为国土小，多少年来，它一直有着拓展疆土的强烈夙愿。

当看到富士山山头时，许多同学都涌向了舷窗口眺望。飞机有一半时间是在日本列岛上飞过的，东京的成田机场虽说很大，不过也就当时的两三个浦东机场那么大，但绝对没有浦东机场现代和漂亮。当然，它的管理是一流的，机场里井井有条，忙而不乱。

尽管有日本政府官员的迎接，但办理进关手续还是很费时。然后，我们分乘两辆大巴出了机场。到处可见绿树成荫，青草萋萋，交通方便。下午4点左右，我们被安排到东京迪斯尼乐园游览。该乐园大概比上海动物园大不了多少，但管理一流，地上到处是塑胶地坪，走起来有弹性，噪音降得很低。乐园里的活动项目有唐老鸭、米老鼠、白雪公主、海盗船等各种歌舞秀，内容比当时国内任何一家主题乐园都要丰富多彩。

晚上9点半，我们被安排下榻于东京的浦岛宾馆（二星级），相当于国内的"如家酒店"。房间内极其整洁干净，但洗手间和寝室都很"袖珍"，又明显不如"如家"。洗手间不会超过两平方米，像我这样块头的人在其间活动颇感憋屈。寝室除了放置两张三尺木床，已经放不下一个普通沙发。后来发现，下榻的宾馆和参观的日本普通市民的家庭都是这样，整洁而局促。晚上，清秀善良的叶沙送来两张日本的电话磁卡，供我们通讯使用。无奈我们当时还很土，电话磁卡竟然还不会使用。她耐心地教我们。这样，我就与以前的好友李永亮（原上海戏剧学院讲师）和刘海业（我的同事，原上海电视台摄像师）通了电话。

5月26日，早上6点我们就起床，与此行代表团团长袁公侠（我的电视台同事——袁公仰导演的弟弟）一起在东京浦岛宾馆门口的小路上散步。现在看清了，这个宾馆建在山丘之上，四周绿油油的，空气清新得令人陶醉。向远处眺望，附近的高楼都建得不低，有点壮观。据老袁的翻译介绍，日本造房子，都考虑到抗震、防震的因素，所以建房采用的材质，一般都既坚固又轻盈，抗震性能好，这是导致房价不断升高的

176

原因之一。

　　回到宾馆，早餐吃的是自助餐，偏西式，面包、炒鸡蛋、培根、薯条、牛奶、寿司之类，质量尚可。8点半，我们就乘车往横滨进发。横滨市其实跟东京是连在一起的，没有明显的界线，地域的差别只有当地人搞得清楚。一路上，我非常留意市容市貌，发现他们哪怕巴掌大小的土壤都铺上了草坪，绿化之好，自不必说。街上整洁干净的程度，完全可以与新加坡媲美，体现了良好的国民素质，非常值得我们学习。

　　我们所要访问的是坐落在苍松翠柏之中的翠陵女子高中。踏进学校大门，设施不错，给我印象深的有以下几点：一、学校的走廊上，有担架，可用于急救，日本的这种以人为本的精神，可略见一斑；二、每个学生在教室门口的墙上有一个储存箱，这样放在课桌上的书就较少，放学回家，不用背负暂时不用的课本和私人生活用品；三、学生非常热情，见了人都会鞠躬，很有礼貌。

　　在该校的礼堂里（同时也可作为该校的室内体育场使用），我看到学生们写的校训——"自信，信赖，不惜生命"。这里面体现的教育思想是深刻的，值得探究。从学校高层的介绍来看，学生的全面发展是惊人的。但我内心对其"不惜生命"的校训一直感到不是滋味。这种提法，如果不加以正确的引领，如何与二战时期的"武士道精神"相切割？

　　中午，在该校的电化教室里吃午饭（精细的日式盒饭）时，看到平板电视机里，正在播映横滨电视台对我们代表团上午到此校访问的新闻报道。日本同行工作效率之高，令人咂舌（当然，现在我们国内的一些电视台也能做到）。在此校，我见到了日本 NHK 电视台的同行，他们行动利索，忙而不乱，非常敬业。

下午，我们乘坐一艘极其豪华的白色汽艇驶入碧波浩瀚的大海，去参观非常现代化的横滨港。在海面上，像南浦、杨浦那样的斜拉桥有两座，横跨在碧波之上，非常壮观。有两座高耸的方形建筑，引起了我的注意，一打听才知道是用垃圾做成的砖块，进而用之砌成的烟囱，没有见到在冒烟。下面是焚烧垃圾的工厂。如此成功的环保方式值得我们学习。可喜的是，现在的中国各大城市也都建造了污染小、效能高的焚烧城市垃圾的工厂。

在横滨的国际会议中心，我们抽空去看了一个皇后广场，舒适的购物环境令人赏心悦目。这样的大型购物中心，当时在国内还很罕见，所售的东西一般较贵，我们囊中羞涩，所以也没敢下手。

晚上，在横滨市政府的宴会厅里举行了欢迎宴会，出席的有横滨市的副市长中岛先生、市议会会长河野先生，以及该市日中友好协会的历届领导人。会上领导们互赠礼品，互致贺词，气氛友好热烈。然后宴会开始。宴会的菜肴非常好看，但每道菜的量和材质与中国的宴会相比，显得"寒酸"了许多（回家路上，车上可以见到不少代表团里的高中生都在啃面包）。最后是中日学生的艺术交流，无非是本国的歌舞、乐器演奏和拳操，虽很有特点，但节目质量非常一般。

晚上下起大雨，我们住在山上的森林宾馆。这是一个榻榻米宾馆，节约型的，每个房间也很局促，没有洗澡间，因此洗浴在公共的大浴池里，每人都穿上和服，束有两寸宽的黑色腰带，颇有意思。

5月27日，已经到星期六了，一早起来，发现森林宾馆四周群山环抱，空气清新，景色宜人，鸟语花香，风和日丽。这是当地政府办的一处疗养地、度假村。一般供收入低的老人及无收入的学生享用。这儿的鸟不怕人，常常穿梭于游人中间，也没有人上去捕捉。这种人与大自然的和谐相处，值得学习借鉴。

自助餐之后，我们便乘车去著名的早稻田大学参观。车开得很慢，是因为堵车。交通是立体的，有轻轨电车、地铁、新干线、高速公路等。早稻田大学建在东京的闹市里，没有围墙，谁都可以进入，但秩序井然，未见小贩和拾荒者的身影。入口处是一座教堂，据介绍，克林顿和我国的元首都在这儿做过演讲。在电教室，学校教务部的一位教授（该校高层）是中国问题的专家，介绍了早稻田大学的历史，以及与世界各国名牌大学交往的情况。最后，他没有忘记为该校做广告，他说："日本的好多位首相都是从该校毕业的，欢迎中国的高中生报考这所大学！"在该校的学术会议中心，我们看了一部介绍早稻田大学的电视专题片。片中称，早稻田大学是一所提倡向一切权威挑战，允许自由学术讨论，培养学生具有个性、多样化思维的名牌大学。所以培养出来的学生，在日本的政治舞台，以及科学、军事等各个领域都是佼佼者。我们看到，学校门口，有一座该校校长的铜像。据介绍，这所学校最具影响的学科，是法学和政治学。这所学校注重倡导的是一种"在野精神"。即，不受主流舆论的束缚，坚持自己的"独立见解"。对此，我在想，真的是这样吗？

中午，在参观了该校图书馆后，我们便驱车去观摩日本皇宫。日本皇宫四面环水，是一座坐落在大片绿地环抱之中的用石头砌造的城堡式的建筑物。周边的建筑都是仿唐式的建筑。日本皇宫是不可随便进入的，也只能在护城河边的桥口看看。门口有卫兵庄严地守卫着。我带着相机和胶卷，但始终没有留影的冲动。

随后，我们便乘车去日本最大的电视台NHK参观访问。这家在国际上也颇有影响力的电视台的规模，似乎没有我们东方电视台大。但与我们不同的是，它设有一条专门供外界前来参观、铺有厚地毯的过道（是否收费，没有问清）。外人可以透过玻璃墙，看到里面各类节目的录制。如果事先报名或经邀请，也可以参与某些节目的录制和与主持人的互动。作为同行，我们非常留意他们做节目的一些细节，以便学以致用。

傍晚，我们乘车来到了名叫"银座"的一幢大楼，第五十层有一家中国料理店，我们在此用餐。在这里，每个人一顿饭，要花费5000日元，也许这是代表团领导要让中国的中学生们开开眼界。饭菜尽管琳琅满目，但每道菜的量都比较少。席间，得知一位男生恰逢生日，于是，市外办的同志，专程到外面去买了一个大蛋糕来庆贺。大家唱起祝贺生日的歌曲，这使得那个男生非常感动。

第二天是 5 月 28 号，星期天。天气变化多端，一会儿晴天，一会儿阴雨突然而至。

上午起床后，与刘海业通上了电话，他决定下午在秋叶原电器街购物时与我相见，并当我们的购物参谋。我将此情况向袁公侠团长做了汇报，得到了他的许可。

与前几天一样，我们于 8 点半出发，先去了横滨的国际竞技场。据说，2002 年的国际足球比赛将在这儿举行。这是一个可以容纳六七万人的运动场，比起我们上海 8 万人体育场来，显得稍微小一点。功能却多了一倍，设计巧妙了一点，质量好了一点。具体讲一下，整个球场全部悬空。球场底下是一个庞大的停车场，这样可以节约多少地皮啊，值得我们学习。场内的大屏幕共有两块，两边球门后各有一块。全场都可以看得清清楚楚。场地与观众席之间有一道两米宽的壕沟，可以阻止球迷冲入球场闹事。在场内的球队练习场地，凡是锐利的墙角等地方，都被有弹性的橡胶包裹着。

接着我们去参观了大名鼎鼎的麒麟啤酒厂。厂里有一个大规模的展览用玻璃橱窗。里面的情景雕塑（有的还运用了 3D 技术）展示了该厂啤酒生产的全过程，以及麒麟啤酒厂的历史，做得很逼真和到位。这个厂的特点是，非常注意环保，三废的利用特别好，没有浪费和污染物排放。在该厂的食堂，我们吃了点午饭，是日本式的盒饭，质量还可以。

下午两三点钟，我们两个与刘海业几乎同时到达秋叶原。刘海业的妻子小叶也在场。他们开来了一辆墨绿色的跑车接待我们。我和小潘在刘海业的陪同下去购物。刘海业的那辆车有 GPS 卫星导航，很先进，要花 400 万日元。当时我们国内还很少见到。

在秋叶原，我买了一台数码摄像机，小潘买了两台日本原装相机。然后刘海业的一位留学日本的朋友，请我们到了一个高档的日本料理店，一起吃了一顿高品质的晚餐，一共上了三十多道菜，每道菜都装在 5 厘米大小的酒盅里，所以吃完后，也不觉得怎么饱。当然，味道不错，也不油腻。在那里，我们还喝了点清酒。我觉得味道有点像崇明的老白酒，不如我国的白酒和黄酒好喝。

我们于夜里零点乘坐刘海业开的车回到森林宾馆。那个地方刘海业也没有去过，但借助 GPS，刘海业轻而易举地将我们送到了。

由于买来了数码摄像机，同居一室的几个随队的老师都涌上来观看，所以睡得很晚。

大清早被这些老师"强大"的鼾声吵醒，睁开眼，天气十分晴朗，已经是 5 月 29 日了，睡不着，干脆起身看风景。

早饭后，便直接去新干线横滨车站。大约 10 点钟的时候，我们便踏上了对于我们中国人来说十分神秘的新干线，直奔大阪。新干线的时速有两百多公里，坐在里面很稳当。车价要 15000 日元。午饭是在车上享用的，盒饭，质量不错。透过车窗，我们见到了富士山被雪裹着的山头，不过因为天气能见度不高，所以看得不算清晰。

令人感慨的是，在 1998 年，我们中国也有了高铁。后来经过二十年的发展改进，与日本的高铁相比，在速度和质量上都不输给日本，甚至有过之而无不及。

到了大阪，我们被带去大阪的 OBP 商业中心购物。我在二楼的一家旅游商店里买了两个小玩具。傍晚时分，我们又去了日本电信电话公司参观。这里的高清电脑、电视机，给我留下了深刻的印象。比如我们看到的一个鱼缸，如果不仔细看，就是一个正宗的鱼缸，几十条各色金鱼在鱼缸里穿梭、遨游，连金鱼纤细的血管都看得清清楚楚，但仔细观察，这是一块平板电视机，它的侧面只有两三厘米厚。晚饭是在该公司吃的。晚上下榻在大阪国际青年会馆，接待方为了节约开支，可害苦了我们这些代表团的成员，房间里连厕所、阳台都没有。我们只好席地而睡。

5 月 30 号，已经是星期二了，是个晴天，早上 7 点，我们就出发去大阪市之南高等学校，该学校与江湾中学是友好学校。学生之间展开了一些交流演出，有钢琴、舞蹈、小提琴、武术的表演等。下午自由活动，听从叶沙的介绍，我去神户大荣商场，在那里买了一台迷你磁光盘，试听一下，声音果然不错。可惜这个神器，买回家后，一直处于闲置状态。

四点时，我们又回到了南高中，有几个同学要去日本学生家里做客。我们也跟着到了一个日本人的家里做客。这个日本家庭很殷实，他们做了一顿晚饭，给江湾中学的几个女同学品尝。我们拍了几段视频，也算是直接看到和感受到了日本普通市民的生活。

短短的几天日本之行即将结束，开了眼界，也引起我多方面的思索。

在乘机回国前，有一段较长的候机时间，我与袁公侠团长坐在一起，交换了此次访日的感受。我们不约而同都对早稻田大学的"在野精神"是否真的存在表示怀疑。

回到国内，我很快将前面的所见所闻编成了一部15分钟的纪录片，并在东视播放。

天人合一赞小叶

——赏叶圣琴油画展

显然，我的好友，上海奉地文化传媒有限公司张平董事长并不知道，其实在两年前，我在中国的曼哈顿——陆家嘴的一幢参天写字楼的展览厅里，已经欣赏过叶圣琴的这批油画，印象深刻！好心热情的张平发来电子请柬，9月11日下午，我便与几个朋友欣然赴约。

对于叶圣琴的油画，我是一定要说上几句的。首先，自幼我就是一个书画爱好者；其次，我是一个从事电视戏剧录制和编导工作三十几年的导演，昆剧的名家和新秀的剧目，我曾经都录制过，并深深地为他们精湛的表演艺术和优雅的舞美所折服。因此，在欣赏叶女士的画作时，心有戚戚焉。

叶之画作，既具有西方油画扎实的笔触之美，又融入了中国画的写意和空灵。每幅画在谋篇布局上，都是匠心独运，重点和亮点都非常突出。用油画表现中国最古老的戏剧艺术，这在本人所观赏的画展中可谓独树一帜，标新立异，十分大胆，值得褒奖。尤其每幅画的意韵，给我的感觉是飘逸空灵，妩媚动人。其"天人合一"的艺术风格已初露端倪，其中奥秘难以言述，愿叶圣琴将她的艺术探索坚持下去，持之以恒。作为电视戏剧文艺的坚守者，我也为叶女士在弘扬祖国的传统文化，并使之国际化方面所做的孜孜不倦的努力点赞！

走
人
物
　
肉
里
噱

　　龚仁龙在谈及他出演的滑稽戏《哭笑不得》时，用"肉里噱"来概括自己的艺术追求。

　　这使我想起20世纪80年代在上海电视台《大舞台》栏目担任编导时，我曾向姚慕双、周柏春、杨华生等滑稽泰斗请教滑稽戏表演的最高境界，他们都说起了"肉里噱"，并十分推崇。

　　何为"肉里噱"？通过与龚仁龙的交流，我们达成一致———滑稽戏的表演，必须依据全剧的喜剧性架构、以及剧情演变赋予喜剧人物独特的性格。以此方法"酿制"出来的表演，方能事事在情理之中，又处处出意料之外，方能博得观众发自内心的笑。

　　对照这个标准，眼下滑稽戏表演的总体状况实在令人不敢恭维。

"滑稽戏不滑稽"，正是如今观众普遍的怨言。更值得忧虑的是，如今的滑稽界已很少有人提"肉里嗦"了，取而代之的是"无厘头"和"外插花"。因此，我当初在观摩《哭笑不得》时也并不奢望什么。

大幕拉开，我便多少有些担心。年逾花甲的龚仁龙要演一个四十岁的小老板，不但要染一头红发、穿着时装，而且一上台就大跳《江南style》，表演能好吗？我更担心又遇上那种忽略喜剧结构和人物性格，只会"外插花"的媚俗之作。然而，随着剧情的步步展开，龚仁龙的表演渐入佳境，会心的笑声渐渐多了起来，我的担心也渐渐少了下去。龚仁龙扮演的小老板温大龙角色情感的起承转合相当大，表演难度可想而知。但龚仁龙还是将这个角色拿捏得收放自如，所有的招笑均发自角色内心、剧情使然，让人信服。

舞台是一个演员艺术生命中最重要的地方。龚仁龙说："滑稽演员，尤其是成名的滑稽演员，一定不能脱离和放弃舞台。打个比方，我认为参演电视情景剧仅是吃点零食而已，而舞台，是饭。滑稽戏，是一天三顿的正餐，是演员'长身体'的根本。"

看着那么多的滑稽演员成天跑电视、对镜头，我想，这句话正是龚仁龙一枝独秀的成功秘诀。

二十八年前，我与龚仁龙初识，当时的他还是五爱中学的一名体育教师。1985年春末，我应市总工会邀请去观摩了一台全市职工文艺会演，发现了不少群众文艺人才，其中就有龚仁龙、王文丽、宋国华（小翁双杰）等人。不久，我就邀请他们录制了一台有关上海群众文艺新作的纳凉晚会，那天龚仁龙和搭档黄荣达演了一个独角戏，名叫《一张糖纸头》，内容是一个小伙子巧妙地运用不同名称的糖纸，向女友发出一个又一个求爱信号；更借助不同糖纸的传递，化解了他们之间的许多误会和危机，最后终于得到姑娘的芳心。作品构思巧妙、幽默风趣、品格清新。龚仁龙的表演老练却又非常松弛。我当时就有一种预感———他很可能会成为一个明星演员。

果不其然，龚仁龙现在已成沪上的滑稽明星。不但如此，他还入围第十九届"上海白玉兰戏剧表演艺术奖"主角奖，后又携《哭笑不得》第三次入围，如此成绩，在上海滑稽演员中是没有的。其成功就在于他领悟和践行着滑稽表演的真谛———"走人物"，挖掘人物的内心世界———"肉里噱"。

师院中秋月

为赏中秋月，

邀友到湖畔。

月亮攀上文史楼，

白云、星星都不见，

啊，

是师院珍贵的银桂，

移栽到了广寒宫前？

还是嫦娥把碎银伴着桂花，

洒遍了整个师院？

不然的话，

为什么今天的月亮，

这般亲切，

这般美？

不然的话，

为什么今晚的校园，

竟是如此明亮，

香得引人醉？

秋虫，高兴地唱啊，

琴房里飘仙乐，

我仿佛置身在琼楼玉宇，

我好像喝下茅台千杯……

忽然间，

"银瓶乍破水浆迸，

铁骑突出刀枪鸣。"

这震耳欲聋的情形，

把我从酩酊中惊醒，

转身忙把李君找，

"学思桥"上有人影。

只见他倚栏望月长叹息，

愁容满面泪眼盈。

我万分诧异走上前，

用力拍拍他的肩：

"瞧你快成了林黛玉，

是不是恋爱航程搁了浅？"

李君沉吟不回答，

低头盯住秋湖面。

清风掠过湖月皱，

琴曲忧伤又缠绵。

李君抚摸石桥栏，

哑着嗓子吐真言：

"不知张君你是否知道，

这儿曾有过两座雅致的木桥？

十年动乱摧毁了它们，

小岛和师生痛苦地断了交。

如今造起了两座坚固的石桥，

使我触景生情，

思绪如潮……

在我降临人世前没几个月，

父亲为找职业去了台湾，

双亲忍痛含泪别，

那年正是四九年。

从此音讯全断绝，

亲人一别三十年！

台湾海峡不算宽，

为何像星球相隔那么遥远？

牛郎织女每年还能相会，

为什么我们至亲不能团圆?!

母亲泪水如泉涌，

夜不成眠白发添。

开始天天吃素食，

不求长生为长寿。

每逢八月中秋日，

把我带到东海边。

两碗挂面倾海中，

根根挂面泪水沾。

但愿鱼儿吃了游过海，

成为父亲盘中餐。

身居他乡人康健，

康健不忘把家还。

叶帅建议得人心，

祖国统一有指盼。

毁了木桥造石桥，

大陆台湾何时才能永相连？"

听了他一番肺腑言，

我热泪滚滚，

竟无语凝噎。

此时琴声如海潮，

汹涌澎湃卷巨澜。

执手相握立誓言，

要为统一大业做贡献！

球类馆顶月影斜，

无名湖畔琴声绝。

唯见秋虫最劳累，

满地蠕动拾银屑……

欢欢喜喜搬新房

老伯我活到六十八，旧房住得我腻又怕。

如今搬进新公房，睡梦之中乐哈哈。

小伙我已有二十八，对象都嫌我房子差。

现在像住花园中，引来喜鹊叫喳喳。

八龄小儿我住广厦，睡觉不再钻床下，

儿童室里玩具多，电脑入驻我的家。

巾帼英豪

我们的美丽来自黄山，

我们的智慧传承徽商。

我们的正直效法包拯，

我们的温柔蕴含刚强。

啊……

安徽，

我美丽的故乡，

啊……

上海，

是我大显身手的地方。

诚信待客，

热情奔放，

创新开拓，

精细善良。

实现中国梦，

我们在商海劈风斩浪。

一带一路，

让我们插上了翅膀。

四海五洲，

是我们搏击的球场。

啊……

女企业家，

热心、团结，

我们朋友圈无限宽广。

仔细、谨慎，

我们的事业永远辉煌。

科技之山敢登，

宇宙太空敢闯。

哦，

安徽女企业家，

激情四射，

侠骨柔肠。

巾帼英豪，

千秋留芳！

198

旅游节的歌　永驻星空

——献给 1993 上海黄浦

一颗闪亮的星，

升起在东方的苍穹，

以执着的追求，

驰骋在万里长空。

你用自己的热情，

奉献着满腔的真诚，

你把自己的光辉，

洒向了江海群峰。

你默默地行走，

在天宇中画出一道彩虹，

你热情地闪亮，

与日月同辉，和天地共荣。

铭记着华夏儿女的期待，

永驻在万里长空！

戏曲演唱小视频（双推磨调）：

逛逛浦东商业街

走呀逛呀不停看，

心儿高兴不觉远，

浦东商业在大发展，

红火的景象令人醉。

走呀逛呀不停乐，

商业中心多壮美，

八佰伴像吸铁石，

时代广场声鼎沸。

走呀逛呀不停看，

购物环境赛欧美，

琳琅满目任挑选，

售货员是热心人。

走呀逛呀不停看，

东方路上景致美，

脚上越走越有力，

哪里来的浑身劲？

戏曲演唱小视频：金秋上海喜事多

金秋申城喜连喜，

十五大开辟新天地。

八运盛会如过节，

浦江喜浪拍岸急。

时装佳节才庆罢，

又迎来嫣红姹紫旅游节。

秋季里好看莫过电影节，

上海人天天胜似过节忙不停。

更喜嘉宾多如云，

二十年搞改革喜更喜。

金秋申城喜连喜，

桂花飘香秋风里。

欢乐节旗又升起，

都市风韵连国际。

同胞慕名观巨变，

众外宾游览浦西称稀奇，

到浦东更是惊叹遇奇迹。

上海人依托全国支持创佳绩，

敢闯难关争第一，

团结紧，喜迎那新世纪。

白衣天使

你是一片白云

蔚蓝的天空中有你绚丽的身影

梦中我爬上高高的云层

却始终无法触摸到你

耳边只有你甜蜜的问候

因为有你

万物得以茁壮成长

因为有你

我们享受着生命的美丽

因为有你

世界上充满着爱的气息

你是一朵棉花

无边的田野里有你温柔的体态

困境中我重重地跌倒

是你轻轻地将我扶起

抚摩我受伤的心灵

因为有你

大地饱尝幸福的果实

因为有你

我们不再害怕深夜的寂寞

因为有你

世界上充满着人性的纯真

你是一张白纸

漫长的人生里有你默默的奉献

面对危险和困难你从不屈服

与死神争夺人民的生命

坚定地书写着灿烂的辉煌

因为有你

山川河流充盈着蓬勃生机

因为有你

我们为美丽的人生而喝彩

因为有你

我们可爱的白衣天使

马洪亮重游苏州河

自从退休离上海，

时刻把苏州河挂心怀。

眼睛一眨数十载，

马洪亮旅游我又重来。

苏州河，好气派，

绿树列队河边排。

污水厂，真厉害，

成片的河面，

它处理之后就清起来。

哈……

大整治把这里的面貌改，

看得我热泪盈眶心花开。

上海人，真气派，

天大的困难照样排。

手笔大，真厉害，

污黑的蛟龙，

它轻轻地一抓就起来。

大协作把这里的面貌改，

看得我胸中激荡心花开。

爱的纽带

如果我是沙漠中的一棵小草，

我需要甘美的滴露滋润我，

使我能充满生机茁壮成长。

如果我是寒风中的迷途羔羊，

我需要强壮的臂腕保护我，

使我能得到温暖和安详。

如果我是黑夜里的夜归人，

我需要一盏明灯为我照亮前方，

使我不再迷失方向。

我们需要爱，

所以我们赞美爱，

我们渴望爱，

所以我们追求爱。

我们享受爱，

所以我们珍惜爱。

什么是爱的真谛？

什么是爱的源泉？

什么是爱的纽带？

爱是当你需要帮助时，

她向你伸出了手，

就像一缕橄榄枝，

把你从绝境中拉出来。

爱是当你痛苦绝望时，

为你抚平伤痛，

就像一剂良药，

让你远离病魔的袭扰。

爱给了你生活的希望，

爱告诉你生命的价值，

爱赋予你人生的意义。

当你渴望爱时，

当你追求爱时，

当你拥有爱时，

你是否愿意让所有人一起，

与你分享爱的美丽灿烂？

爱就是一条纽带，

它连起了你，

连起了我，

连起了所有人。

它让生活充满了幸福，

它为生命的存在找到了意义。

爱是延续，

爱是一个起点向另一个起点的延续。

爱是永无止境的，

因为，

它是连接世界最有力的纽带！

结局的歌

葱绿的麦田，

使人想起"三夏"时，

遍地的"黄金"。

甜蜜的爱情，

把两个灵魂带进了

温暖的家庭。

呵，傻乎乎的小伙，

你要了解爱情的结局，

你就要想想自己，

从无到有的情形。

小
路

麦田中有一条小路，

伸向莫测的远方，

我想起自己的抱负，

心中充满了惆怅，

我不怕这曲折的小路

因为我曾经在崎岖的道路上摔过，

起跑，我只恨，

没有一个机会，

让我沿着它，

走向真理的故乡。

风之歌

风啊，

你不要吹得太猛，

我们本来就在窃窃私语，

这下，

我已听不清，

她的心声。

风啊，

你不要吹得太猛，

我本来在端视，

她可爱的面容，

这下，

她飘拂起的头发，

遮住了我燃烧的眼睛。

风啊，

你不要吹得太猛，

难道你，

还不知道我们的爱情，

如何坚贞？

既然泰山

从没有被你吹倒，

爱情的大厦，

更难撼动毫分！

因为她就是

人们常常羡慕的——

永恒！

中东之行打油诗

沙漠夜宿

说是五星级，实乃野驿站。

冻得直哆嗦，赛过宿南极。

中东行

——下榻死海边

硬件虽好苍蝇多，美食琳琅累胃驮。

坦诚相见盐湖畔，死海不死云笑落。

死海游泳

老夫携老妻，聊发少年狂。

白肤浮死海，深情万年长！

自讨苦吃

耶城瞻教堂，排队时漫长。

老腰枯腿抖，累得心发慌。

中东行之断想

军侠其实亦柔肠，忍见绿洲成沙场。

最冀环球同凉热，一带一路游四方。

中东行
——和蒋勇兄

穿梭沙海卸铠甲，英气不减观天涯。

更有娇娘伴万里，柔情弥笃醉晚霞。

自 嘲

三十几个老小孩，如办家家游死海。

腹中总念华夏餐，急盼回沪吞家菜。

中东行

——返沪有感

谦谦君子三十人，忍看镜中添皱纹。

无人服老精神足，爬山涉海按快门。

彼此关怀冷热问，相互切磋暖灵魂。

中东游历刻脑际，卅人如出一家门。

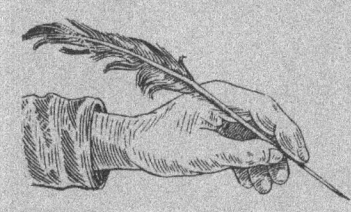

巴尔干半岛之旅

在奥地利维也纳美泉宫前留影

斯洛文尼亚的布莱德湖

巴尔干咏叹调

布莱德湖水翡翠，"奶奶之牙"山壮美。

九个仙女下凡来，六条汉子紧相随。

宛若仙境思不归，铁托行宫今住谁？

可叹"南联"成七邦，弱国挨打肝肠碎。

文人羞叹

赵巴尔干半岛旅游团合影

　　今去克罗地亚首都游览，新来导游蒋小亮刚与吾辈讲解片

刻，便有一克国老妪上来熊抱，并重吻三口，令我们这些华夏

文人墨客蒙眼大惊，羞赧不已，故作此叹。

　　　　老妪聊发少妇狂，三步两步啃蒋郎。

　　　　纵然西域无禁忌，羞得侪辈逃光光。

波斯托伊那溶洞一角

波斯托伊那溶洞之叹

可惜可惜太可惜，钻石变为废木屑。

最好比喻为意面，凤凰溶洞成草鸡！

既无故事将人吸，又缺光电造神奇。

资源浪费全球无，离别之时堪嘘唏。

注：波斯托伊那溶洞位于斯洛文尼亚共和国境内，在距首都卢布尔雅那西南54公
里的波斯托伊那市，是欧洲第二大溶洞。溶洞全长27公里，洞深115米，海拔
562米。是由比弗卡河的潜流对石灰岩地层长期溶蚀而成。洞内除了零星有些白
炽灯，几乎没有任何给人印象深刻的灯光造型和气氛烘托，故一路观赏，味同
嚼蜡，遗憾。

古城耻辱柱

　　该耻辱柱建在克罗地亚的扎达尔古城中。扎达尔是亚得里亚海的港口城市，也是天主教扎达尔教区的中心。人口连郊区共计约 11.6 万（1981 年）。1920 —1947 年属意大利，名"扎拉"；1947 年后属南斯拉夫；今属克罗地亚。

　　鞭笞众罪犯，竖此忆当年。

　　如今亡国耻，有谁挂心间？

十六湖之叹

克罗地亚十六湖瀑布一瞥

其一

十六小湖循水行，潭面蓝绿似魔镜。

群山苍翠如桃源，鱼翔浅底悠闲情。

其二

飞湍瀑流争喧豗，砯崖转石万壑雷。

其境优雅美如许，饕餮秀色几忘归。

山村晚宴之叹

我们下榻在克罗地亚一座偏僻的山村别墅式宾馆

山村晚宴忆插队，只有面包和素炊。

菜汤清澈可见底，宛如牛羊饮湖水。

恰逢午饭油水足，正好辟谷依惮皈。

权当养生张弛道，笑得林鸟忘巢归。

注：旅途中，有一晚住在克罗地亚一座偏僻的小山上，那里可能因物资匮乏，餐食
粗劣，故笑作此叹。

杜布罗夫尼克古城一角

杜布罗夫尼克古城之叹

杜市古城今犹在，登高眺海思蹁跹。

罗马先贤何处寻？欧盟貌合神难圆。

注：杜布罗夫尼克古城位于克罗地亚南部的杜布罗夫尼克，建于公元7世纪。杜布
罗夫尼克依山傍海，风景优美，是欧洲中世纪建筑保存比较完好的一座城市，
有"城市博物馆"的美称，1979年被联合国教科文组织列入世界文化遗产名录。
城区分为旧城和新城两部分，旧城至今仍保存着14—16世纪建的古城堡，分别
体现罗马式、哥特式、文艺复兴式和巴洛克式等不同的建筑风格。这里已经成
为欧洲乃至全球游客理想的旅游和疗养胜地。

也叹海风琴

克罗地亚的扎达尔市海滨的海风琴现场

海作力兮地输情，千年痛兮国破心。

哀子孙兮无肝肺，长悲鸣兮撼天地！

中国字韵

盘古辟天地，

炎黄开历史。

一点一横和一竖，

加上一撇又一捺。

架构了四万个精美独特的中国文字，

传承了五千年绵延不断的中华文化。

这个点，

迸发出中国人杰出的智慧和抱负；

这一横，

统一着中华民族的疆界、民风和习俗；

这一竖，

挺立着炎黄子孙崛起于世界民族之林的永恒理想；

这一撇，

展示了中国人民的前进步伐，雄赳赳气昂昂；

这一捺，

支撑着华夏民族不屈不挠的铁骨脊梁。

甲骨、篆隶、行楷和飞草，

变化多端，内柔外刚，

藏情含趣，顿挫抑扬。

记载了华夏各族的灿烂文化、科技典章、

熏陶着世代志士仁人、中华儿郎。

中国字，

全世界十多亿人每天都在使用它。

中国字，

全世界的人们分分秒秒都在关注它。

中国字，

彰显着中华民族的意志人格 。

中国字，

传播着全世界人民的信息和友谊。

中国字,

我们为你骄傲!

我们为你自豪!

旅游大巴之叹

旅游团在大巴内等待一瞥

客车成了大餐车，旅友掏心做奉献。

榨菜汉堡加肉脯，其乐融融一家亲。

波黑机场旁晚餐之叹

波黑战争遗迹

　　在波黑首都萨拉热窝市，我们在多处楼宇上看到了前些年的那场战争留下的累累弹痕。在机场旁一家中国餐厅用餐时，照明数次中断。

　　　　弹洞萨城壁，血溅玫瑰园。

　　　　晚餐灯数灭，国名叫波黑。

拉丁桥之叹

拉丁桥

徜徉拉丁桥，五味腾云霄。

巴岛火药桶，战事何年消？

"人权"好花哨，"博爱"广推销。

可怜铁托国，七块肢解了！

象征南斯拉夫由六个联邦组成的雕塑

瞻仰铁托墓之叹

铁托帅墓何处寻？贝尔城外柏森森。

仙逝十载南国破，屈原子孙泪沾襟。

238

虞美人

——悼驻南记者

旅游团全体成员向邵云环、许杏虎和朱颖三位烈士（驻南记者）鞠躬悼念

　　兄弟阋墙何时了？天理存多少？小国前夜为球疯，殃及池鱼侪辈痛心中。绿水青山依然在，只是版图改。问君能有几多愁？恰似多瑙河水滚滚流。

哥特建筑风格的布达佩斯政府大厦

布达佩斯楼宇美，千姿百态天神配。

哥特混搭巴洛克，世间仙境令人醉。

圣安德烈小镇

圣安德烈小镇一角

静谧悠闲好风光，皮草编织加佳酿。

小贩均会讲中文，华盖高悬奏华章。

注：匈牙利的圣安德烈小镇，别名"山丹丹"，是多瑙河畔一座优雅的小镇。

奥地利霍夫堡皇宫一角

霍夫堡皇宫之叹

昔日皇宫何辉煌，欧洲岳母姻八方。

奥匈帝国今安在，结盟数邦步阿房？

注：霍夫堡皇宫是位于奥地利首都维也纳的宫殿建筑。霍夫堡皇宫曾经是哈布斯堡
　　王朝奥匈帝国皇帝冬宫（夏宫是美泉宫）。今日的霍夫堡皇宫是奥地利总统的官
　　邸所在地。皇宫占地面积达24万平方米，有18栋楼房、54个出口、19座庭院
　　和2900间房间，素有"城中之城"的美名。

金色大厅之叹

维也纳金色大厅内景

金厅地位高，出资即可包。

无须好水平，场租富人掏。

艺人超高调，雇人来热炒。

小民不知情，惊羡不得了！

感谢汪池后生

导游　汪一

侪辈巴岛千里行，一路呵护看大片。

亚德海水深万尺，不及汪池送我情。

注：汪池指随团导游汪一小姐和池胜军先生。

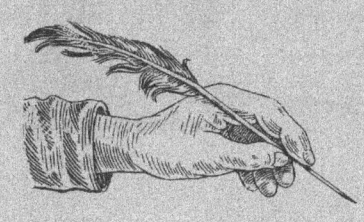

好友和诗

哈尔施塔特小镇

蒋 勇

哈尔施塔特镇一瞥

后岭瀑悬空，门前户挂红。

风来声悦耳，教徒撞洪钟。

注：哈尔施塔特镇（Hallstatt）是奥地利上奥地利州萨尔茨卡默古特地区的一个村庄，位于哈尔施塔特湖湖畔，海拔高度约511米，2005年12月有923名居民，直至2015年已有1221名居民。哈尔施塔特的"Hall"可能源自古克尔特语的"盐"，得名于村庄附近的盐矿，历史上这一地区就因盐而致富，因此这里又被称作"世界上最美的小镇"或"世界最古老的盐矿"。哈尔施塔特气候温暖，一年四季都适宜旅游。这座在险峻的斜坡和宝石般翡翠的湖泊间伫立的湖畔小镇，到处可见童话般清幽美好的住宅。哈尔施塔特湖清澈透底，在高山峡谷之中，像一条宽阔的绿色绸带。一排排临湖而建的木屋，在阳光的照耀下显得格外引人注目。这些木屋与中国江南民居非常相似，但墙壁、窗户、阳台等都采用木头做材料，都堆放着十分艳丽的盆花。为了不同于别家，每家每户还会在屋形、色彩上表现自己的风格。

美泉宫，坐落在奥地利首都维也纳

美泉宫　蒋勇

　　美泉宫是坐落在奥地利首都维也纳西南部的巴洛克艺术建筑，曾是神圣罗马帝国、奥地利帝国、奥匈帝国和哈布斯堡王朝家族的皇宫，如今是维也纳最负盛名的旅游景点，美泉宫及其花园被联合国教科文组织列入《世界文化遗产名录》。

　　泉涌清香花色红，门重庭深帝王宫。

　　草虫凄凄啼故主，遗楼夜夜抱新风。

维也纳金色大厅

蒋 勇

维也纳金色大厅外景

金厅看丝管，客自浦江来。

山水遇樵夫，美人坐君怀。

斯洛文尼亚雪山一瞥

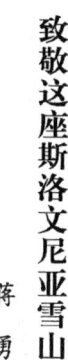

千年雪褪山峰老，一旬芳华为汝摇。

盛夏融身湖水碧，风吹草绿百花娇。

观 蒋
云 勇

多瑙河上的云

心泊六月云，素影漫空飞。
晓伴霞光醒，夕浮大雁归。

天雷摧不垮，地气卷尘微。
聚水肥天下，清风万里随。

克罗地亚十六湖一瞥

游克罗地亚十六湖公园风光

蒋 勇

深山无岁月，溪水流光阴。

从此慕白云，天天有闲心。

注：该公园位于克罗地亚中部的喀斯特山区，创立于1949年，为东南欧历史最悠久
的国家公园，现在也是克罗地亚最大的国家公园。公园内有许多由石灰岩沉积
形成的天然堤坝，这些堤坝又形成了多个湖泊、洞穴和瀑布。由于主要有16个
湖泊，故公园又叫十六湖国家公园。

亚得里亚海著名的海风琴

蒋 勇

海风琴一瞥

长风随意曲，大海作琴台。

美女抚琴键，八音动地来。

注：在克罗地亚的海滨扎达尔，有一些建在海岸边上的白色石阶，它们看上去没有
什么独特之处，但是当海水涨到一定的位置，静下心来，就能聆听到大海为你
奏响的奇妙乐曲。原来，这是一架经过精心设计的海浪管风琴，白色石阶下暗藏
35个大型风琴管，大海就是风箱。海水拍打和潮汐涨落会在风琴管中自动形成
气压变化，美妙的乐声也随之产生。很多游客专程来扎达尔听大海的演奏，甚至
选择在这里举办婚礼。海风琴建成于2005年，设计者是建筑师尼古拉·巴希奇。
巴希奇生长在海边，小时候就喜欢聆听海浪拍打岩石的声响，海风琴的设计灵感
也来源于此。该建筑获得了欧洲城市公共空间奖。另外，巴希奇在海风琴旁边建
造了一座太阳能圆形剧场，人们可以在这里举行露天音乐会。

巴尔干半岛旅游团的另一张合影，此次旅游共有 24 位驴友（加上导游）同行

二十四客行

蒋 勇

千里平岗万重云，一乘大巴六国行。

山高水远看风景，风雨凝结手足情。

萨拉热窝玫瑰

蒋 勇

南斯拉夫故事片《桥》中的那座桥

歇脚街吧缓疲劳，追寻那座影中桥。

山城战火常惊世，炫目花开玫瑰胶。

注：战争给萨拉热窝留下累累弹痕，市政当局用红色橡胶和水泥塑造成玫瑰花造型。

蒋勇站在波黑首都萨拉热窝老城边的拉丁桥桥堍

拉丁桥

蒋勇

哥儿放两枪，一战便开张。

多少惊天事，突然又反常。

注：波黑首都萨拉热窝老城边的拉丁桥是引爆第一次世界大战的导火点，著名的萨
拉热窝事件就发生于此。

贝尔格莱德谒铁托墓

蒋 勇

铁托墓地中的雕像

旧旅栖身砺剑锋，时来拔剑便称雄。

功成一统联邦制，誉毁七分故土穷。

草木枯荣时可测，家国盛败运难踪。

摩天壮志销荒冢，铁骨风流谢落红。

注：铁托21岁时在奥匈帝国军队服役，曾获全军击剑比赛亚军。他生前领导建立南斯拉夫联邦共和国，死后一分为七，南斯拉夫不复存在。

无题　蒋勇

旅游团集体到中国驻前南斯拉夫大使馆门前，向三位牺牲的烈士献花、悼念

无声一碑愁，咽血滴国羞。

万里祭英烈，百爪捞心头。

落后会挨打，主席有遗嘱。

图强登顶日，定当雪此仇！

布达佩斯的桥

蒋 勇

蒋勇夫妇在多瑙河大桥前摆拍

布达临左佩斯西，多瑙河上九桥奇。

白桥纪念裴多菲，绿色名字叫茜茜。

渔人堡教堂

渔人堡教堂

蒋 勇

印象欧洲大教堂，钟敲闹市醒山乡。

精美建筑绝无比，游客拍片不烧香。

注：马加什教堂位于匈牙利首都布达佩斯的多瑙河沿岸，布达佩斯著名建筑渔人堡
　　一侧，公元1255—1269年由当时的国王贝拉四世（玛尔吉特公主的父亲）所建
　　的新哥特式的美丽教堂，是布达佩斯的象征之一。15世纪时，马加什国王在南
　　侧建了一座尖塔钟楼，整个教堂便被命名为马加什教堂。因为历代匈牙利王的
　　加冕仪式皆在此举行，又有"加冕教堂"之称。在16世纪土耳其占领期间，教
　　堂被焚。教堂的现貌完成于1874—1896年。尖塔内部有国王贝拉四世及其王
　　妃的石棺。另外，此教堂经常定期举办管风琴演奏会。

七彩晚霞伴笔耕

　　我先要感谢为拙作作序的汪澜！好友、老友能在百忙之中，抽空为本人出版的书写序，我很感恩和感动！我永远铭记这份深情厚谊！

　　确实，回望人生，真如白驹过隙，一晃竟快到七旬，总是感到岁月过得太快，我还有许多事情要做，许多文章要写！而青少年时，总感到日子过得好似蜗牛爬坡，太慢太平淡。真乃此一时，彼一时也，令人唏嘘和扼腕。

　　既然已在"奔七"，怎么办呢？还是得抓紧时间，做点自己喜欢的事情。于是，近两年，我安排自己携太太几次赴国外旅游，余下的时间，将自己历年来写下的一些剧本、散文和诗歌编成两本集子。加上两年前，上海市文联邀请我写好的一部二十多万字的名人传记《创新求变绣荧屏——许诺》今年要出版，这样将有包括本书在内的三本书出版。于是，本书跋的名字也有了——"七彩晚霞伴笔耕"。

为什么自夸自己的晚霞是"七彩"的呢？是因为我们这些"老三届"，跟共和国一起经历了太多太多的磨难。当然，我和全国人民一起，也见证和经历了改革开放带来的国家和社会的日新月异的变化，过上了安居乐业、蒸蒸日上的好日子。而且这四十年来，自己在工作和生活中，收获了许许多多的成果和经验教训。但是，真正过得比较舒坦、比较轻松，还在不断进步的，竟是退休以后的日子。

当然，毋庸讳言，退休以后，离开 SMG（上海文广影视传媒集团）这样国内一流的大媒体，回归社会，也在日常生活中，遇到过几个各色各样的人和事，认清这些，避开污泥浊水，继续自己对于正义和善良的追求就可以了。我始终坚信"多行不义必自毙，子姑待之"的古训。然而，更多的是迎来各种各样的乐趣和好事：首先，我有了一个日渐长大、懂事，读书后又成了品学兼优的孙女——张诗闻自不待言；其次，因为当了近二十年"上海白玉兰戏剧表演艺术奖"的评委，所以每年能够观赏 60 台到 80 台中外各种戏剧；除此之外，我还被上海作协、影协和中国文学评论家协会吸收为会员；两次被邀请担任上海大学生国际电影节的终评委；还在 2016 年拍了两部自己创作的"网大"，其中，第二部《代驾血谜》，于 2017 年 3 月 28 日在洛杉矶荣获第 20 届美国好莱坞国际电影节金奖……这些都让我的生活节奏慢不下来，内心非常充实，故曰

"七彩晚霞"并非妄言。

本书是诗歌和散文的合集，都是以前几十年中陆陆续续写的。由于工作繁忙及其他种种原因，丢失的文章可能数倍于这些保留的文章。诗歌和散文中，除了几篇是在大学读书期间写的以外，其余多是近几年写的。除此之外，内容为自己执导的大型晚会或栏目编写的唱词。

这些年，写作有一发而不可收之状。为什么呢？主要有以下几个原因。

首先，是我从小养成的勤奋的秉性，加之相比于退休之前，现在自己多了许多可以自由支配、特别是用于写作的时间。所以不喜欢打麻将、游戏和闲荡的我，选择创作是我必然的首选。

其次，退休的人往往有这样的"毛病"：怀旧。而且，大多数人对于自己以前的事情记得特别清楚，而当下发生的事情反而容易忘记。那么，趁自己体力尚好，将自己的人生感悟，一个甲子走过的道路、难忘的事情记录下来，是我特别愿意做的事情。

还有，不久之前，我在整理书房时，翻出了5000多张用胶卷拍的照片。经上海浮玉影视老总孙旭先生介绍，我到铁路新客站一家照相服务公司将它们全部做成可以在电脑里贮存、发送的翻转片，这绝对如同找到了一个金矿！它们激活了我脑海里珍藏着的许许多多有意思的故事。以后，我会将这些照片后面的故事和人生感悟陆陆续续写出来。

另外，我在书房整理几十年来的许多日记和工作记录时，也发现了好些可以开垦的散文素材。其中不少还可以写成小说、戏剧和电影剧本。

以前散文我写得比较少，可能与我从事的电视导演工作有关，因为我的工作拥有广大的电视观众，而散文再怎么传播，毕竟受众面有限。现在我退出了原先的工作岗位，已经当上了作家，又想留点东西下来，所以可能会有大量的精力写散文和诗歌。

记得以前在教育学院当写作课教师时，常常告诫学生，写散文要做到"形散而神不散"，现在自己也在追求这一境界。

我的理解，散文中所谓的"神"，就是叙述背后的哲学思考。这些年，人们为了"独树一帜"而标新立异，往往写文章特别注重形式，怎么怪诞，怎么艰涩，怎么让人看不懂，就怎么写。阅后，往往让人不甚了了。

我觉得散文的"神"，其实就是作者的世界观、哲学观的外化。写散文，没有"神"，等于没写。"神"可以隐蔽，但一定不能没有。

除了"神"，我还注重表述的真。我觉得作家不一定所有的观念都是对的，但必须讲真话，写真言。我对人前说人话、背后讲鬼话、虚情假意、言不由衷的表述特别反感。

我觉得，自己写的散文遣词造句都比较质朴。近年来写的散文，风格没有变，但有时显得有些冗长，大概就是所谓的"树老根多，人老话多"。今后，我尽量改进。

写诗歌，我比较外行，往往遇事遇景后直抒胸臆，把自己心中的所思所想马上写出来，而不太注意诗词的格律。我多次发现，如果在所见所闻的第一时间，不把自己的真情实感记录下来，时过境迁后再创作，一是很难落笔，二是即便写出来，也缺少现场感、灵动感。

我将自己历年来的散文、诗歌编成集子出版，就教于各位读者朋友和专家，谢谢！

张文龙

2018 年 8 月 20 日